SERUM

SAISON 1 ÉPISODE 6

De Henri Lœvenbruck

AUX ÉDITIONS FLAMMARION ET J'AI LU
Le Testament des siècles, 2003
Le Syndrome Copernic, 2007
Le Rasoir d'Ockham, 2008
Les Cathédrales du vide, 2009
L'Apothicaire, 2011

AUX ÉDITIONS BRAGELONNE
La Moïra, édition intégrale
Gallica, édition intégrale

Site officiel de l'auteur :
www.henriloevenbruck.com

Henri Lœvenbruck est membre
de la Ligue de l'imaginaire
www.la-ldi.com

De Fabrice Mazza

AUX ÉDITIONS MARABOUT
Le Grand Livre des énigmes, tome 1, 2006
Pas de panique, c'est logique, 2006
Pas de panique, c'est toujours logique, 2007
Le Grand Livre des énigmes, tome 2, 2007
Énigmes coriaces pour esprits tenaces, 2008
Énigmes tordues pour esprits pointus, 2008
Énigmes subtiles pour esprits agiles, 2008
Lettrenrébus : 200 énigmes de lettres surprenantes, 2008
Énigmes médiévales infernales, 2010

De Henri Lœvenbruck & Fabrice Mazza
SÉRUM – Saison 1
Épisode 1
Épisode 2
Épisode 3
Épisode 4
Épisode 5
Épisode 6

HENRI LŒVENBRUCK
& FABRICE MAZZA

SERUM

SAISON 1 ÉPISODE 6

J'AI LU

IMPORTANT

TOUS LES MORCEAUX
SONT EN TÉLÉCHARGEMENT GRATUIT SUR
WWW.SERUM-INFOS.COM

Cher lecteur, *Sérum* n'est pas un roman comme les autres.

Avant tout, il s'agit d'un roman-série : l'histoire que nous allons vous raconter est divisée en plusieurs saisons de six épisodes chacune. Attention à l'accoutumance !

Ensuite, *Sérum* vous propose – vous n'y êtes pas obligé – d'approfondir l'expérience de lecture en l'agrémentant de musiques, de vidéos, de documents externes qui vous seront offerts au fur et à mesure de l'histoire.

Comme vous allez le voir, des « flashcodes » sont intégrés au récit pour la lecture des musiques que nous avons composées spécialement pour vous.

Vous avez deux choix :

1 – Si vous disposez d'un téléphone portable, de type smartphone, il vous suffit de télécharger une application permettant la lecture des flashcodes.

Une fois cette application lancée sur votre téléphone, vous n'aurez plus qu'à passer la caméra devant ces codes carrés, et le morceau de musique se lancera automatiquement.

2 – Si vous ne disposez pas de smartphone, il vous suffit de vous rendre sur le site www.serum-infos.com. Vous y trouverez tous les morceaux en téléchargement gratuit ! Vous pouvez en disposer comme bon vous semble et les écouter au moment approprié (le titre du morceau adéquat étant écrit en petit sous chaque flashcode).

Évidemment, ces flashcodes ne sont qu'un bonus à la lecture, vous n'êtes pas obligé de les utiliser pour profiter du livre ! *Sérum* est avant tout un roman...

Nous espérons en tout cas que vous aurez la même émotion à lire ces épisodes que nous avons eue à les écrire...

Bonne aventure !

Henri Lœvenbruck & Fabrice Mazza

DANS LES ÉPISODES PRÉCÉDENTS DE SÉRUM

Adam, fils de Lola Gallagher

— Moi, je trouve ça bizarre que tu aies envie de boire, parce que je sais que c'est pour ça que papa est parti.

— Pardon ?

— Papa est parti parce que tu l'empêchais de boire. Et quand il est parti, c'est toi qui t'es mise à boire. C'est bizarre, non ?

(...)

Lola fit un pas de plus dans l'appartement et, soudain, la silhouette d'Adam apparut devant elle.

— Maman ! dit-il tout sourire. Regarde qui est là !

Quand elle vit l'homme qui était assis sur le canapé, Lola crut qu'elle allait s'évanouir.

Anthony.

Anthony Fischer, son ex-mari.

Et la lueur qu'il avait dans le regard lui glaça le sang.

Ben Mitchell, assistant d'Arthur Draken

Quand Ben Mitchell revint à lui, il était pendu par les mains, torse nu.

— C'est très simple, monsieur Mitchell. Je veux que vous me disiez où se cache votre ami le Dr Draken.

Ben entendit le bruit du coup qu'il venait de recevoir avant même d'en éprouver la douleur. Il poussa un hurlement puissant.

(...)

— Draken se cache dans l'appartement de Paul Clay, l'un de ses anciens patients internés.

La phrase était sortie d'un seul coup. Comme une formule magique libératrice.

(...)

Il n'eut pas même le temps de savourer cette libération. Le dernier coup l'atteignit à la tempe, et il mourut dans la seconde.

IAN DRAKEN, PSYCHIATRE À LA RETRAITE ET PÈRE D'ARTHUR

— C'est ridicule ! Vous savez très bien que mon fils n'a pas tué cette femme !

Le capitaine Powell se leva d'un bond et posa un regard menaçant sur Ian Draken.

— Qu'est-ce que vous allez faire ? Hein, Powell ? Me jeter dehors ? dit le vieil homme d'un air moqueur en montrant les accoudoirs de sa chaise roulante. Vous savez très bien que mon fils n'a pas tué Emily. Vous brûlez de vous venger, n'est-ce pas ?

— Je ne vois pas de quoi vous voulez parler...

— Oh si, vous voyez très bien, espèce de petit trou du cul. Je sais bien plus de choses que vous ne semblez le croire.

ARTHUR DRAKEN, PSYCHIATRE SPÉCIALISÉ DANS LA THÉRAPIE PAR L'HYPNOSE

— Daniel Gilford ?

— En personne.

— Votre roman est inspiré d'une chanson, n'est-ce pas ? Qui a écrit cette chanson ?

— J'ai entendu une femme la chanter, un jour, dans un petit village. Il y a longtemps.

— Quelle femme ? Quel village ?

— Je ne connais pas son nom. C'était... C'était une bonne sœur. Une bonne sœur, sur la petite île de Swans Island.

Draken, abasourdi, ne prit même pas la peine de conclure la conversation. Il raccrocha, bouche bée.

Swans Island.

L'île du Cygne.

L'un des principaux symboles des visions d'Emily...

SIÈGE D'EXODUS2016, QUARTIER DES ABATTOIRS DE NEW YORK

— C'est surtout grâce à Dana Clark, la journaliste de CBS, qu'on a pu te faire libérer, John. C'est elle qu'il faut remercier.

Singer fronça les sourcils.

— Elle a fait ça gratuitement ?

— Non. Je lui ai promis les 87 fichiers sur la CIA en retour.

— Tu es fou ? On ne peut pas lui balancer ça comme ça !

— J'ai fait ce que j'avais à faire pour te faire libérer. Une promesse est une promesse. Nous lui devons ça.

Singer se laissa tomber sur l'un des fauteuils qui longeaient le mur et poussa un long soupir.

— Bon. OK. J'irai la voir moi-même.

SHÉRIF PETRUCI, FORÊT DE NEPAUG, CONNECTICUT

Excité par l'odeur caractéristique de la putréfaction, le chien n'avait pas cessé d'aboyer depuis que le shérif s'était décidé à creuser.

Soudain, la pelle heurta quelque chose de dur.

Petruci se mit à genoux puis enleva la couche noirâtre masquant l'objet qu'il venait de toucher.

Une grimace de dégoût sur les lèvres, il trouva la confirmation qu'il attendait : un cadavre était enterré là.

Le cadavre d'une femme, horriblement défigurée.

EMILY SCOTT, JEUNE FEMME AMNÉSIQUE VICTIME D'UNE TENTATIVE D'ASSASSINAT

— Elle est sortie du coma, annonça le médecin, mais elle souffre d'une amnésie rétrograde isolée. Elle ne se souvient de rien, ni de son nom ni de son passé.

Velazquez attrapa délicatement l'index de la femme, l'appuya sur l'encreur, puis appliqua le bout du doigt sur la petite étiquette blanche.

Rien. La femme semblait n'avoir aucune empreinte.

En revanche, il vit qu'elle portait une alliance. Aussitôt, il enleva la bague et l'inspecta à la lumière du plafonnier.

Sur la face intérieure de l'anneau, deux noms étaient gravés : « Mike & Emily ».

(...)

Lola fouilla dans le manteau de la victime. Rien. Pas de portefeuille, pas de papiers. Dans la poche de son jean, toutefois, elle trouva un bip de parking. Rien d'autre.

Le détective glissa le bip dans un petit sac en plastique. Puis quelque chose attira son attention : les mains de la femme. Elles étaient couvertes de petites taches de peinture multicolores. Elle en fit une nouvelle photo.

SWANS ISLAND, PETITE ÎLE DANS L'ÉTAT DU MAINE

Mike ne changera pas d'avis. Question d'honneur, sans doute. Selon lui, ils n'ont pas les moyens d'élever un enfant. C'est sans doute vrai, en partie. Cela demanderait trop de sacrifices. Des sacrifices qu'il n'est pas prêt à faire, pour l'enfant d'un autre en tout cas...

(...)

Mike claque la portière. Il marche d'un pas rapide au milieu de la nuit, le panier dans les bras. Il longe les arbres, puis le mur de pierre qui encercle le terrain du monastère. Là, il s'arrête. Sans la moindre hésitation, il dépose ce couffin de fortune devant l'entrée, puis il fait demi-tour.

Dans quelques heures, les bonnes sœurs carmélites trouveront cette petite fille de deux semaines à peine sur le pas de leur porte et, comme le veut la tradition, elles l'élèveront dans le monastère.

(...)

Quatre années ont passé.

Emily n'a plus jamais reparlé avec Mike de l'enfant qu'elle a été contrainte d'abandonner.

Et, aujourd'hui, elle a décidé d'aller au monastère de Jericho Bay. Son mari est au large depuis plusieurs jours. Il n'en saura rien.

(...)

Les doigts tremblants, Emily attrape la main de sa fille et lui glisse quelque chose dans la paume, sans jamais quitter ses yeux du regard.

— Tiens. C'est mon cadeau pour toi. Il est très précieux. Tu dois le garder toute ta vie, Anna. Toute ta vie. Un jour tu comprendras.

Le cœur battant, la fillette baisse la tête et ouvre la paume de sa main. À l'intérieur, elle découvre une petite bague. Un simple anneau doré. Anna le prend entre le pouce et l'index et le soulève à la lumière. Sur la surface interne, il y a deux noms gravés qu'elle ne sait pas encore lire.

Emily & Mike.

Ouverture

Vous avez bien fait de venir me voir.

Maintenant, détendez-vous.

Détendez-vous et laissez votre conscience s'ouvrir. Laissez-la vous guider.

Le sérum qui va vous être injecté facilite l'induction hypnotique. Il n'altère en rien votre personnalité, ni votre volonté, mais il vous débarrasse de ce qui vous éloigne de votre conscience.

Votre conscience voit plus de choses, entend plus de choses, connaît plus de choses que vous ne pouvez l'imaginer.

Ici, maintenant, votre conscience est reine.

Il y a, quelque part dans un coin de votre tête, un petit train. Un petit train qui peut vous emmener en voyage.

« La nature est un temple où de vivants piliers laissent parfois sortir de confuses paroles ; l'homme y passe à travers des forêts de symboles qui l'observent avec des regards familiers. Comme de longs échos qui de loin se confondent, dans une ténébreuse et profonde unité, vaste comme la nuit et comme la clarté, les parfums, les couleurs et les sons se répondent. »

Oubliez le monde autour de vous. Ses bruits. Ses nuisances. N'écoutez que l'écho de votre âme.

Le plus important, c'est vous.

N'ayez crainte. Je suis là, à vos côtés.

Il ne peut rien vous arriver...

ÉPISODE 6

Bow your head

1.

Le soir, en hiver, ce coin de Brooklyn était particulièrement mal éclairé ; beaucoup d'arbres, pas assez de réverbères. Mais quand il vit cette silhouette au long manteau de laine traverser la rue d'un pas preste, Sam Loomis fut certain qu'il s'agissait enfin du Dr Draken.

L'agent fédéral était abrité derrière les volets ajourés d'une fenêtre, au quatrième étage d'un immeuble de New York Avenue. En face, dans sa ligne de mire, il pouvait observer à travers les persiennes le vieil appartement de Paul Clay dans lequel Arthur Draken se cachait depuis la mort d'Emily Scott. Truffé de micros, le studio allait peut-être bientôt leur livrer de précieuses informations sur ce que le psychiatre savait et faisait.

Dans la rue en contrebas, la silhouette disparut rapidement derrière la porte d'entrée de l'immeuble.

— Le spectacle va commencer, murmura Loomis.

Toutefois, voyant que les fenêtres de la cage d'escalier ne s'allumaient pas dans les secondes qui suivirent, l'agent fédéral fronça les sourcils et jeta un coup d'œil vers son assistant derrière lui.

— Pourquoi il allume pas, ce con ?

Le jeune *fed*, qui sirotait son sixième café de la soirée, haussa les épaules.

— C'est une planque, patron... Il reste discret, votre docteur. Il veut peut-être pas que les voisins sachent à quelle heure il entre et sort.

— Cette foutue histoire a dû le rendre complètement parano.

À chaque étage, derrière les vitres, il vit passer l'ombre qui montait lentement les marches jusqu'au sixième. Arrivé sur le palier, l'homme fit une courte pause puis s'évanouit dans l'obscurité. De là où il était, Loomis ne pouvait pas distinguer la porte d'entrée de l'appartement de Paul Clay. Mais, rapidement, il vit le suspect entrer dans la planque et sut qu'il ne s'était pas trompé. C'était bien le psychiatre qui retournait dans son antre comme une chauve-souris dans sa cave.

Loomis colla de nouveau ses yeux aux jumelles ATN à vision nocturne et ajusta son oreillette.

— Qu'est-ce qu'il fait ? demanda le jeune agent, impatient.

Son patron tarda à répondre.

— J'en sais rien... Il n'allume toujours pas, et il ne fait pas de bruit. C'est bizarre. J'espère qu'il ne se doute de rien. Merde, il ne peut pas avoir repéré les micros dans un bordel pareil quand même !

Son assistant l'attrapa brusquement par l'épaule.

— Patron ?

— Quoi ? demanda Loomis en se retournant vers lui.

— Ce n'est pas lui. Regardez : Draken, il est là.

Le jeune agent tendit le doigt vers Prospect Place, de l'autre côté. Une autre silhouette approchait dans la rue. Et, cette fois, impossible de confondre le crâne chauve du docteur.

— Merde, maugréa Loomis. Mais si c'est pas lui là-haut, alors, c'est qui ?

2.

— Anthony ? Qu'est-ce… Qu'est-ce que tu fais là ? demanda Lola en dévisageant son ex-mari, perplexe.

L'homme avait minci, et cela le rajeunissait. Il avait l'air en bien meilleure santé. *Clean*. Sportif, presque. Rasé de frais, ses cheveux blonds coupés court, il avait beaucoup changé.

— Tu ne m'embrasses pas ? demanda-t-il d'un air angélique, les mains tendues vers elle.

— Qu'est-ce que tu fais là ? répéta froidement Lola, prête à exploser.

À cet instant, le détective Gallagher aurait voulu attraper Anthony Fischer par le col et le jeter sans sommation hors de son appartement. Mais elle ne pouvait pas faire ça devant son fils. Le regard brillant d'Adam en disait long sur sa joie – naïve – de retrouver son père après deux ans d'absence, et il allait falloir gérer cette fâcheuse situation tant bien que mal. Sans esclandre.

— Je t'avais envoyé un bouquet de fleurs pour la Saint-Valentin et pour te prévenir que j'allais venir, mais c'est notre fiston qui l'a reçu à ta place, répondit

Anthony en frottant affectueusement le crâne d'Adam près de lui. Je ne savais pas que tu étais partie. Alors on t'a fait la surprise.

Lola, perplexe, posa son sac de voyage sur le guéridon de l'entrée et fusilla son ex-mari du regard.

— Merci pour la surprise, tu peux t'en aller maintenant, Anthony, dit-elle d'une voix calme et autoritaire…

— Maman ! Nous t'avons préparé à dîner ! intervint Adam en désignant la table basse du salon.

Lola serra la mâchoire. Père et fils avaient fait de leur mieux pour donner à sa vaisselle dépareillée un air de fête et avaient même disposé des bougies ici et là entre les trois assiettes.

Se sentant bouillir, elle s'approcha de son ex-mari, se colla presque contre lui et, son regard planté dans le sien, lui murmura :

— Je ne sais pas ce que tu fais ici, espèce d'ordure, mais je te demande de quitter tout de suite mon appartement, et je ne te le demanderai pas deux fois.

— Lola…

— Tout de suite, répéta-t-elle en plaquant discrètement mais significativement sa main sous son blouson, à l'endroit où se trouvait toujours son holster.

Anthony Fischer fit un pas en arrière. Une sorte de sourire gêné se dessina sur son visage. Il tourna la tête vers son fils et prit un air désolé en haussant les épaules.

— Bon… Ta maman est fatiguée, bonhomme, il faut que je vous laisse. Mais on se revoit très vite, OK ?

Adam, dépité, se contenta de hocher la tête, la gorge nouée. Il regarda, pétrifié, son père ramasser son manteau et sortir, penaud, de l'appartement.

— Au revoir, Lola.

Alors qu'il arrivait sur le palier, son ex-femme le retint par le bras. Les yeux rouges, le regard de plus en plus haineux, elle ajouta :

— Ne remets plus jamais tes putains de pieds ici, Anthony. Plus jamais.

Et elle claqua la porte avec bruit.

Shadows

3.

En montant lentement les marches vers l'appartement de Paul Clay, Draken ne pouvait s'empêcher de repenser à ce qu'il venait de découvrir au sujet de la comptine qu'Emily avait chantée à Adam. Pendant le trajet, il avait retourné l'histoire dans sa tête en tous sens : ça ne pouvait être une coïncidence. La chanson, à en croire l'auteur du livre pour la jeunesse qui en était adapté, n'était ni un chant traditionnel ni un air célèbre. C'était une simple comptine écrite par une bonne sœur, sur la petite île de Swans Island[1], et

1. Littéralement l'île du Cygne. En réalité, elle a été baptisée ainsi en référence au colonel James Swan, un riche Écossais qui en fit l'acquisition au XVIIIe siècle.

connue probablement des seuls proches de ladite bonne sœur. Il n'en existait aucun enregistrement, aucune reproduction, même écrite. En d'autres termes, il était fort probable qu'Emily, pour connaître cette chanson, ait été – tout comme l'auteur du livre – en rapport plus ou moins direct avec cette femme.

Or, la chose semblait possible, car le « cygne », justement, était l'une des figures emblématiques des visions d'Emily. *« Il y a un cygne qui nage dans l'eau. Il remonte péniblement le courant de la rivière et il se dirige vers moi... »* Elle avait donc très probablement un lien avec Swans Island. Peut-être y avait-elle vécu ! C'était une piste sérieuse, en tout cas, et si la chose s'avérait, ce serait une avancée considérable dans ses recherches, peut-être le moyen de découvrir la véritable identité d'Emily.

Quant à cette mystérieuse bonne sœur mélomane... c'était peut-être la femme qui, précisément, chantait une comptine dans les visions d'Emily : *« C'est une musique douce, comme une comptine. Il y a la voix d'une femme qui chantonne la mélodie. Je crois qu'elle est dans la tour. »* Sous hypnose, Emily avait également dit que d'autres femmes se trouvaient dans cette tour sombre, des femmes qui se ressemblaient... Des femmes identiques dans une tour ? Ne pouvaient-elles pas être, tout simplement, des bonnes sœurs dans un couvent ?

Il fallait absolument qu'il fasse des recherches sur Swans Island. Draken était convaincu de tenir enfin quelque chose de concret. Malheureusement, il était pour l'instant trop tard pour retourner à la bibliothèque, et il allait falloir attendre le lendemain. L'esprit absorbé, il monta lentement jusqu'au sixième étage.

Arrivé sur le palier, il s'immobilisa.
Un détail le ramena brutalement à la réalité.
La porte de l'appartement avait été forcée.

4.

De l'autre côté de la rue, les doigts de l'agent Loomis se crispèrent sur les jumelles ATN.

— Eh merde ! lâcha-t-il d'une voix rauque.

— Vous voyez quelque chose ? le pressa son assistant, rendu aveugle par l'obscurité.

— Le type dans l'appartement vient de sortir une arme. Et Draken est sur le palier !

À l'intérieur du studio, l'inconnu venait en effet de visser un silencieux sur le canon d'un pistolet. Visible à travers les lunettes, sa silhouette verdâtre se déplaçait à présent vers l'arrière de l'appartement, pour disparaître derrière une penderie.

— Putain ! Le docteur va se faire descendre ! grogna Loomis.

5.

Draken resta un instant devant la porte. Qui pouvait donc l'avoir forcée ? Un simple cambrioleur ? Elle était en si mauvais état qu'un enfant de dix ans aurait pu l'enfoncer d'un seul coup d'épaule.

Mais pour voler quoi ? L'appartement était un taudis ! Les flics peut-être ? Non. Lola l'aurait sûrement prévenu. Ou alors le FBI...

Draken songea avec angoisse à son carnet et aux cassettes vidéo d'Emily. Toutes ses notes, tous ses croquis étaient là, offerts en évidence au beau milieu de ce trou à rat. Si on les lui volait, il aurait tout perdu. Il ne lui resterait plus que la fresque qu'il avait peinte sur les murs. Mais cela ne suffirait pas. Il avait encore tant de choses à découvrir dans les séances d'hypnose de sa compagne !

Il avala sa salive. Pour l'instant, le vrai problème consistait à savoir si la personne qui avait forcé la porte était encore à l'intérieur.

Il n'y avait qu'une seule façon de savoir : entrer. Entrer, oui, mais sur ses gardes. Ah, si seulement Lola lui avait laissé l'arme qu'il avait prise dans la chambre d'hôtel de l'homme au chapeau !

Draken poussa fébrilement la porte du bout du pied. La lumière était éteinte. C'était plutôt bon signe.

Les poings serrés, le cœur battant, il s'aventura doucement à l'intérieur.

Au premier coup d'œil, il ne vit personne. L'appartement était dans l'état où il l'avait laissé : le même indicible foutoir.

Posé sur un carton qui faisait office de table, Draken repéra, soulagé, son carnet de notes et de croquis. Sans hésiter, il le prit et le glissa sous son manteau, comme s'il s'était agi de son bien le plus précieux. À cet instant, ça l'était probablement.

Les cassettes vidéo étaient un peu plus loin, en vrac dans son sac de sport.

Le psychiatre hésita à allumer.

A priori, il n'y avait plus personne : l'appartement ne comptait qu'une pièce. Seule autre possibilité pour se cacher : les toilettes. Peu probable d'y trouver un cambrioleur, mais, toujours sur ses gardes, il se dirigea vers l'autre côté de la pièce aux murs couverts de ses peintures symboliques.

Soudain, une ombre surgit de derrière la penderie.

Draken eut tout juste le temps d'entrevoir un pistolet.

Un coup de feu retentit aussitôt.

Dear lady

6.

— Adam !

Lola sentit une boule se former dans son ventre en voyant son fils partir dans sa chambre en courant.

Le claquement de la porte résonna dans le couloir, comme une terrible accusation. À onze ans, c'était la première fois qu'Adam effectuait ce geste d'adolescent.

Lola se frotta le front d'un air accablé. Après ce qu'elle venait de vivre en Irlande avec la « fugue » de Chris, il ne manquait plus que ça !

Cet enfoiré d'Anthony, tombé du ciel sans prévenir comme un méchant orage d'été, venait à nouveau mettre le foutoir dans sa vie. Elle était épuisée, tant physiquement que psychologiquement, et pourtant il fallait qu'elle gère seule cette situation, qu'elle assume son rôle de mère. Mais comment faire comprendre la situation à Adam, alors qu'elle ne pouvait pas, à l'évidence, tout lui raconter ?

Elle se dirigea vers sa chambre.

Quand elle ouvrit la porte, elle vit Adam en pleurs, allongé sur son lit, son petit corps secoué de spasmes.

Lola, envahie par la culpabilité, vint s'asseoir au bord du lit et posa sa main sur la tête rousse de son fils. Il se dégagea brusquement.

— Laisse-moi ! lâcha-t-il entre deux sanglots.

— Adam… S'il te plaît… Je comprends que tu sois triste, mais ton papa n'avait pas le droit de débarquer comme ça sans me prévenir !

Son fils se retourna d'un coup et s'écarta, se recroquevillant contre le mur. Les mains serrées autour de ses genoux, il dévisageait sa mère d'un air mauvais.

— Il voulait te faire une surprise ! Et moi j'étais content de le voir ! Tu n'avais pas le droit !

— Les choses sont compliquées…

— Il n'a rien fait de mal ! Il t'a apporté des fleurs et il a fait un dîner avec moi !

— Si Adam. Il a fait beaucoup de mal. Et il n'a pas à venir ici ! En deux ans, il ne t'a pas donné la moindre nouvelle ! Tu as oublié ? C'est un peu facile de venir ici comme si rien ne s'était passé, tu ne trouves pas ?

— Quand je lui ai demandé pourquoi il n'avait pas donné de nouvelles, il m'a dit que c'était à toi de m'expliquer !

Lola soupira. Cette ordure d'Anthony allait lui donner le mauvais rôle !

— Il n'a pas donné de nouvelles parce que c'est un enfoiré de première, voilà la vérité ! s'emporta-t-elle.

— Non ! Tu mens ! C'est toi qui l'en as empêché !

— Adam ! C'est moi qui m'occupe de toi, tous les jours, depuis deux ans, toute seule ! Il n'a jamais rien fait pour m'aider. Il n'a jamais rien fait pour toi non plus.

— Justement ! Pour une fois qu'il vient me voir, toi, tu le fais partir ! C'est méchant ! Et puis c'est pas vrai que tu t'occupes tout le temps de moi ! T'es jamais là ! C'est Melany qui s'occupe de moi ! Toi, tu passes ton temps à ton travail ! Tu t'en fous de moi !

Lola sentit sa gorge se nouer.

— Tu n'as pas le droit de dire ça, Adam, ce n'est pas juste.

— C'est toi qu'es pas juste ! Laisse-moi tranquille maintenant !

Lola regarda longuement son fils aux joues trempées de larmes.

— Viens là, dit-elle en lui tendant les bras.

Mais le petit refusa. Elle ne l'avait jamais vu ainsi. Si dur. Si triste.

— Laisse-moi tranquille.

Lola, au bord du lit, posa ses coudes sur ses cuisses prit sa tête entre les mains.

À cet instant, elle aurait pu fondre en larmes, elle aussi. Trop de poids sur ses épaules, trop d'émotions en trop peu de temps. Mais elle n'avait pas le droit. Pas devant son fils.

— Adam, je fais de mon mieux. Je suis partie ces derniers jours parce que ton oncle Chris ne va pas bien. Et j'ai mis ton père à la porte parce qu'il n'a pas le droit de venir chez moi sans me prévenir. Voilà. Je sais que tout ça est dur pour toi, que c'est difficile à comprendre, que ce sont des problèmes d'adultes, mais c'est comme ça. Tu as onze ans, et tu dois comprendre que la vie est parfois compliquée. Elle l'est pour toi, et elle l'est pour moi aussi. Alors on fait de notre mieux. Je fais de mon mieux. Et le meilleur moyen de s'en sortir tous les deux, c'est de se soutenir. J'ai besoin de toi, mon fils. J'ai besoin de ton soutien. Je sais qu'au fond de ton cœur tu me fais confiance. Alors je vais te laisser dormir maintenant, et je suis sûre que demain matin, tu auras compris que je ne suis pas une méchante maman. Je t'aime, mon petit loup. Je t'aime très fort. Tu es la personne que j'aime le plus au monde.

Elle se leva et sortit de la chambre de son fils sans rien ajouter.

Arrivée au salon, elle se laissa tomber sur le canapé et lutta pour retenir ses pleurs. Adam les aurait entendus de l'autre côté de la cloison. Elle ne pouvait pas craquer.

Elle jeta un coup d'œil vers le petit meuble où étaient enfermées les bouteilles d'alcool. Non. Ça non plus, elle ne pouvait pas. Pas en de pareilles circonstances, quand cet enfoiré d'Anthony, justement, refaisait irruption dans sa vie.

Alors elle resta un long moment ainsi, les yeux perdus dans le vague.

D'un geste machinal, elle alluma la télévision et tomba sur un reportage qui relatait l'évolution de la situation en République libre du Tumba. Visiblement, le pays était en train de sortir du chaos. Le président Joseph Tsombé était mort, et il avait été remplacé par le lieutenant Kaboyi, nouveau chef de la tribu des Mabako, lequel promettait une transparence totale et un plus grand contrôle du commerce du coltan. Selon le journaliste, c'était une bonne nouvelle, non seulement pour le peuple tumbalais, mais aussi pour l'économie en général. Et tout cela grâce aux révélations du site Exodus2016...

S'ensuivait un débat sur le pouvoir grandissant de ces sites lanceurs d'alertes, qui semblait sur le point de détrôner celui des médias traditionnels. Selon ses détracteurs, Exodus2016 était un groupe d'irresponsables sans éthique, qui jetaient des informations – parfois douteuses – en pâture au public sans se soucier des conséquences géopolitiques. Selon ses défenseurs, le site redonnait ses lettres de noblesse au journalisme d'investigation et il était un fer de lance pour la liberté d'information et l'indépendance des médias.

La chaîne diffusa alors un reportage choc sur le couple Singer. Le secret dans lequel ils vivaient, la vie d'ascètes qu'ils s'étaient imposée depuis des années, dans le seul but de mener à bien leur projet. Leur enlèvement et les mauvais traitements qu'ils avaient subis là-bas, mais sur lesquels ils ne voulaient pas revenir, car – selon les propres paroles du dirigeant d'Exodus2016 – ils ne voulaient pas se poser en martyrs. Ils étaient des soldats, des soldats de la vérité, et ce qui leur était arrivé faisait partie des risques de leur fonction.

Lola se laissa d'abord happer par ce flot de paroles animé, puis, épuisée, elle changea pour une chaîne musicale en espérant trouver le sommeil.

Et puis, soudain, sans faire de bruit, Adam apparut dans la pièce et vint se blottir contre elle.

No escape

7.

Les secondes qui suivirent furent d'une déroutante confusion. Après la détonation – ou en même temps peut-être – un bruit de verre brisé. Un vacarme sourd. Un cri.

Quand Draken rouvrit les yeux, incapable de savoir s'il avait été touché, il vit que l'homme devant lui avait été projeté contre la penderie et qu'il s'effondrait à présent sur le sol en se tenant le côté droit. Son arme était tombée à terre.

Le psychiatre, complètement désorienté, eut tout de même le réflexe de se jeter derrière le placard de l'entrée. Tremblant de peur, il se laissa lentement glisser le long du mur, cherchant de sa paume les traces de la moindre blessure sur son corps. Rien. Pas une goutte de sang. Pas de douleur. Il était indemne.

Draken se recroquevilla dans le coin de la pièce, tétanisé. Son cerveau recolla lentement les morceaux. Le coup de feu n'était pas venu de l'appartement. La fenêtre avait volé en éclats. On avait tiré sur l'intrus depuis l'extérieur. Mais qui ? Un ange gardien ou un autre tueur ? Était-il en sécurité, à présent ?

À quelques pas de lui, il entendait les râles rauques de l'homme qui se vidait de son sang. Plus loin, le pistolet qui avait glissé sur le parquet scintillait au milieu du foutoir. Il ne pouvait pas le laisser là et prendre le risque que l'homme s'en empare de nouveau.

Rassemblant son courage, Draken se releva d'un bond et se précipita vers l'arme. Mais avant qu'il ne puisse l'atteindre, la porte s'ouvrit brusquement et un autre homme fit irruption dans la pièce.

Une espèce de voyou, cheveux bouclés, mi-longs, barbe de trois jours, qui portait lui-même un pistolet à la main.

Draken s'immobilisa, horrifié, et retourna à reculons vers le coin de la pièce en levant les mains en l'air.

L'homme lui adressa à peine un regard et s'approcha rapidement du type étendu au sol tout en le maintenant en joue. Il s'accroupit près de lui, le fit rouler sur le ventre et l'obligea à passer les mains derrière la tête.

— Toi, mon bonhomme, tu bouges pas !

Il se redressa, posa un pied sur le dos du blessé pour s'assurer qu'il restait immobile – dans son état, il aurait difficilement pu s'enfuir – puis il se tourna enfin vers Draken.

— Vous allez rester longtemps les mains en l'air, doc ?

Le psychiatre, perplexe, baissa lentement les bras.

— Qui... Qui êtes-vous ?

— Agent Sam Loomis, du putain de FBI. Le type qui vous a sauvé deux fois la vie, mon pote. Enfin, pour être plus précis, aujourd'hui, c'est l'agent White qui vous a sauvé la vie. Vous pouvez lui faire coucou de la main, doc : il est dans l'immeuble en face.

Draken se pencha pour regarder à travers la fenêtre brisée. Il devina la silhouette d'un homme avec un fusil de l'autre côté de la rue.

— Vous... Vous me surveillez ?

— Depuis un petit moment, oui.

— Et... Et pourquoi vous dites que vous m'avez sauvé deux fois la vie ?

— Le jour où vous avez rencontré Singer dans son 4 × 4 noir, vous n'y avez vu que du feu, vous, mais il y a un autre de ces rigolos qui a essayé de vous descendre depuis le toit d'un immeuble. Je lui ai fait sa fête.

Draken se frotta le front, abasourdi.

— Je... Je suppose que je dois vous remercier, alors... Mais... Euh... Pourquoi vous ne m'avez pas arrêté, si vous saviez où j'étais ?

La question sembla amuser le *fed*.

— C'était beaucoup plus intéressant de vous surveiller. Et je me doutais déjà que vous étiez innocent, doc. J'en ai à présent l'ultime démonstration sous mon pied droit.

L'agent se baissa vers l'homme qui gisait au sol.

— Hein, mon coco ? dit-il avec un sourire narquois. Toi tu vas pouvoir parler, au moins, pas comme ton copain.

L'homme poussa un grognement de colère.

— Tout doux, tout doux !

— On… On fait quoi maintenant ? bégaya Draken.

L'agent du FBI sortit son téléphone portable et regarda un message sur son écran.

— Eh bien, maintenant on attend la cavalerie, et après, on cause.

8.

Cette fois, quand Lola ressortit de la chambre d'Adam, celui-ci s'était endormi. En refermant la porte, elle poussa un soupir qui était tant de soulagement que d'épuisement.

Mais à peine entrée dans le salon, elle entendit les vibrations de son téléphone portable dans son manteau.

— Quoi encore ? maugréa-t-elle en allant chercher son cellulaire.

Le nom de Chris apparut sur le petit écran.

Elle aurait voulu ne pas répondre et aller dormir, ne s'occuper que d'elle, maintenant, mais elle ne pouvait pas faire ça à son frère. Évidemment.

Elle décrocha.

— Bien rentrée ?

Lola ne put retenir un sourire désabusé, ironique, que son frère, heureusement, ne pouvait pas voir.

— Euh… Oui. Bien rentrée.

Elle préféra passer sous silence l'irruption inattendue d'Anthony. Pas envie de s'étendre sur le sujet maintenant… Plus cette conversation serait courte, mieux ça serait.

— Et toi ?

— Oui.

Il y eut un bref silence. Lola comprit aussitôt que quelque chose clochait.

— Qu'est-ce qu'il y a ?

— Je... Je ne t'ai pas demandé tout à l'heure, mais... Comment tu as su que j'étais en Irlande, Lola ? demanda Chris d'une voix embarrassée.

Le détective fronça les sourcils.

— Pourquoi tu me demandes ça ?

Nouvelle pause.

— Tu es venue chez moi, n'est-ce pas ?

— Oui. Avec les pompiers. Je te l'ai dit.

— OK... Mais... Le flacon. Chez moi. Il n'est plus là. C'est toi qui l'as pris ?

Lola ne masqua pas sa surprise.

— Euh... Non... Je l'ai cherché, en effet, mais justement, quand j'ai vu qu'il n'était plus là, je me suis dit que tu l'avais pris, toi, et c'est ce qui m'a fait penser que tu étais en Irlande !

— Ce n'est pas moi qui l'ai pris, Lola. Et si ce n'est pas toi non plus, alors c'est qui ?

— Je... Je ne sais pas, bégaya Gallagher.

Mais en réalité, elle était certaine de connaître la réponse. Ça sentait Phillip Detroit à plein nez.

Elle comprenait mieux à présent comment son collègue avait pu se trouver à l'aéroport. Ce fouille-merde était allé chez Chris et avait remonté toute la piste de l'IRA !

The line

9.

— Embarquez-moi ce minable à l'hôpital, et ne le lâchez pas d'une semelle, ordonna Sam Loomis aux agents qui étaient entrés dans le petit appartement de Paul Clay. S'il fait le malin, enfoncez-lui deux doigts dans sa plaie, il a horreur de ça.

À chaque nouveau flash de l'appareil photo de l'équipe scientifique, Draken sursautait. Il se sentait véritablement violé par la présence de tous ces flics qui regardaient, hébétés, les peintures sur les murs et le plafond. Tout le subconscient d'Emily leur était livré en pâture, et il ne pouvait s'empêcher de trouver cela indécent.

Quand l'un des agents, qui récoltait les indices, s'approcha des cassettes vidéo pour les mettre dans un sac en plastique, le psychiatre s'écria :

— Pas ça ! Vous ne touchez pas à mes cassettes !

Il se précipita vers l'agent pour lui retirer le sac de sport des mains. Aussitôt, un autre *fed* posa une main menaçante sur l'épaule de Draken.

— C'est bon ! intervint Loomis. C'est bon, laissez-le récupérer ses cassettes. Il en a plus besoin que nous.

— C'est des films pornos ? demanda l'autre en se croyant drôle.

Draken lui retourna un regard plein de mépris et referma le sac rageusement.

— Allez, doc, prenez vos affaires et venez avec moi. On va laisser ces braves messieurs faire leur travail.

Draken regarda les peintures sur les murs. C'était sans doute la dernière fois qu'il les voyait.

— Venez, doc, insista Loomis sur le pas de porte.

Le psychiatre finit par obtempérer, et l'agent fédéral l'accompagna en bas de l'immeuble, puis le fit monter dans son invraisemblable Dodge Challenger violette, garée à quelques pas de là.

— C'est... C'est votre voiture de service ? ironisa Draken en s'installant dans le siège passager.

— Évidemment, pourquoi ?

Draken sourit.

— Jolie couleur. Redoutablement discret.

L'agent haussa les épaules.

— Ça fait plusieurs jours qu'elle est garée en bas de chez vous, visiblement, ça ne vous a pas marqué.

— C'est vrai, admit Draken amusé. Et on va où, maintenant ?

Loomis démarra le moteur. Le vacarme du V8 résonna bruyamment sur New York Avenue.

— Chez mon garagiste.

Le psychiatre le dévisagea, perplexe.

— Euh... À cette heure ? Qu'est-ce qu'on va faire chez votre garagiste ?

— La révision. J'ai une roue qui couine.

— Vous êtes hilarant.

— Allons... Vous avez besoin d'une nouvelle planque, doc. Vous ne pouvez pas retourner chez vous, ni rester chez Paul Clay.

— Et donc vous voulez que j'aille chez un garagiste ?

— Pas n'importe lequel. Figurez-vous que mon garagiste est un type extraordinaire, et de confiance qui plus est. Il a une piaule juste au-dessus de l'atelier. Vous serez bien, là-bas. Ça sent un peu l'huile de moteur mais c'est très coquet.

— J'ai les moyens de prendre un hôtel, vous savez ? Si je ne suis plus soupçonné du meurtre d'Emily, je peux peut-être reprendre une vie à peu près normale, non ?

— Vous avez déjà eu une vie normale, vous ? Vous oubliez qu'il y a des types qui essaient de vous dézinguer dès que vous mettez le nez dehors, doc. Alors ce sera chez mon garagiste. Un point c'est tout.

Draken secoua la tête, interdit. Cet agent du FBI était pour le moins atypique. À peine crédible. S'il ne l'avait vu parler avec ses collègues en costume noir, il aurait sans doute continué de douter que ce chevelu en blouson de cuir occupât réellement une véritable fonction au sein du Bureau. Pas vraiment l'image qu'on se faisait d'un fédéral.

Il y avait tout de même une question qui restait, pour Draken, sans réponse : comment le type qui était venu pour tenter de l'assassiner avait-il découvert où il se planquait ? Et le FBI ? C'était à croire que la planète entière était au courant de l'endroit où il se cachait ! Et il n'y avait que deux personnes qui auraient pu le trahir. Deux personnes seulement qui savaient où il était.

Lola et Ben Mitchell.

Or, il ne pouvait pas imaginer un seul instant que l'un ou l'autre ait pu le lâcher. Certes, Ben Mitchell lui en voulait, mais pas au point de le livrer à des tueurs.

— Vous avez une idée de qui sont ces types qui veulent me tuer ? demanda-t-il finalement.

— Non. Mais il y a fort à parier que ce sont ceux qui ont tué votre petite copine, non ? On va sûrement en savoir plus en cuisinant ce lascar. L'autre n'avait pas pu parler, pour cause de décès.

Draken soupira.

— Je n'arrive pas à croire qu'on essaie de me tuer !

— Vous en savez trop, doc. Si j'en crois ce que j'ai vu chez vous, vous en savez même plus que tout le monde sur ce qui a pu motiver le meurtre d'Emily Scott. En toute humilité, je dois même vous tirer mon chapeau. Vous cherchez pas du boulot, par hasard ?

— Vous n'avez rien sur le mobile du meurtre d'Emily ?

— À côté de vous, pas grand-chose.

L'agent jeta un coup d'œil vers le blouson du psychiatre.

— Vous avez récupéré votre carnet, hein ?

Draken se crispa.

— Flippez pas, reprit Loomis. Vous pouvez le garder, comme les cassettes. De toute façon, j'ai déjà photographié toutes les pages. Vous avez un sacré coup de crayon.

— Il y en a beaucoup, des comme vous, au FBI ?

— Vous plaisantez ? Je suis unique en mon genre, doc.

— Je vois ça.

Draken, qui commençait à se remettre de ses émotions, prit alors le temps de regarder l'agent de haut en bas, alors que celui-ci conduisait, comme s'il avait pu le percer à jour d'un seul coup d'œil.

— Laissez-moi deviner : vous venez de l'Illinois, ou du Wisconsin. Vous auriez rêvé d'être guitariste dans un groupe de hard rock sur la côte ouest. Ou non, tiens, bassiste ! La guitare, c'est trop compliqué, et vous êtes paresseux. D'ailleurs, vous jouiez dans un groupe au collège.

— Asmodeus Daughter, confirma Loomis, amusé.

— Vous aviez des parents fauchés avec des boulots à la con. Peut-être même pas de père. Oui. C'est ça : vous avez été élevé par une femme.

— Ma grand-mère.

— Elle vous a fait faire des études sérieuses mais pas chères.

— Vous rigolez ? J'ai fait du droit à Chicago... Ça lui a coûté un bras.

— Vous auriez préféré faire autre chose, mais vous n'avez jamais osé contrarier cette pauvre femme qui s'est sacrifiée pour vous. D'où votre côté éternel adolescent : vous n'avez jamais vraiment pu assouvir votre besoin de rébellion. Et puis vous vous êtes vite dit qu'un boulot fédéral, c'était finalement un bon moyen de gagner un salaire correct sans être trop emmerdé. Le FBI, c'était plus marrant que garde champêtre.

— *Marrant* n'est pas vraiment le mot...

— Plus *glamour*, alors. Vous êtes célibataire, et vous faites croire aux femmes que c'est par choix, mais en fait vous êtes juste invivable.

— N'importe quoi !

— Vous picolez pas mal.

— Pas plus que la moyenne.

— Vous vous masturbez beaucoup.

— C'est pas faux.

— Vous ne dîtes pas souvent ce que vous pensez. Et ça vous manque. Quelqu'un à qui parler sans ce masque à la con que vous traînez toute la journée. Elle est morte, la grand-mère, n'est-ce pas ?

Loomis tourna la tête vers le psychiatre. Il lui adressa un clin d'œil.

— Oui. Mais quand vous allez rencontrer mon garagiste, vous allez voir : j'ai trouvé une grand-mère de substitution.

Ils avaient traversé tout Brooklyn et entraient à présent dans le Queens.

— Pas mal, doc, pas mal. Je suis impressionné. Mais bon, maintenant que vous savez tout sur moi, va falloir qu'on parle de vous. Vous avez pas mal de choses à nous apprendre.

— La police va enfin me lâcher un peu ?

— Promis. Je me charge personnellement de vous rayer de la liste des suspects.

— C'est le capitaine Powell qui va être déçu...

— Ça n'empêche pas que vous et moi, il faut qu'on cause.

Au bout de Steinway Street, Draken aperçut la façade colorée d'un garage dont il fut aussitôt certain qu'il s'agissait de celui où l'agent l'emmenait. Le *Space Truckin' Garage* semblait tout droit sorti des années 1970, avec sa devanture peinte dans des tons psychédéliques, son logo vintage et les voitures tape-à-l'œil aux jantes chromées garées à son pied...

— Voilà votre nouvelle maison, confirma Loomis.

Draken frissonna. Il n'arrivait pas à croire qu'il pourrait se résoudre à vivre ici plus de vingt-quatre heures Il songea alors à Swans Island et aux recherches qu'il voulait y mener. Il était certain que des réponses l'attendaient là-bas.

— J'ai un voyage à faire, dit-il simplement.

— Il va falloir l'ajourner, doc. Pour l'instant, vous allez gentiment rester dans ce merveilleux établissement de première classe. Dès demain, je mets en place une protection rapprochée. Ce soir, vous êtes gentil, vous faites un gros dodo, et vous attendez mon appel. Vous allez être bien, ici. Très bien.

Whispering wind

10.

Décembre 2008, dans un salon privé, Washington DC.

La porte vient de se fermer.

L'ancien consultant du Conseil de sécurité nationale Harry Kleymore et le général Paul Parton se retrouvent en tête à tête dans cette salle au luxe insolent. Dorures et boiseries, meubles anciens importés d'Europe, lustre en cristal diffusant une lumière tamisée... le décorateur n'a pas lésiné sur les moyens.

Les deux sexagénaires, qui se connaissent bien depuis plus de trente ans que leurs carrières respectives les ont conduits à travailler ensemble, échangent un regard grave et plein de sous-entendus. Leur hôte s'est absenté, mais il a promis de revenir cinq minutes plus tard. Cela leur laisse le temps de parler entre eux. Une bonne occasion de comparer leurs avis sur l'entretien en cours.

— Ça se passe plutôt bien, non ? demande le conseiller Kleymore à voix basse.

— Ça a l'air, répond le militaire en hochant lentement la tête. Il est... réceptif.

Un silence passe.

— Tu penses... Tu penses que nous devrions lui parler de notre projet ? Le mettre dans la boucle ?

Le général semble surpris.

— Pourquoi ? Tu y songes sérieusement ? Là, comme ça ? Maintenant ? Sans en parler aux autres ? On n'est pas venus pour ça, Harry.

— Non... Mais je me pose la question, c'est tout, répond le conseiller prudemment. Il y aurait, bien sûr, des inconvénients. Mais je ne connais personne qui ait un réseau aussi large et une influence aussi grande que lui...

— Ça ne durera pas, rétorque le militaire aux cheveux grisonnants. La plupart de ses amis sont des opportunistes. Ils le lâcheront bientôt.

Le conseiller ne semble pas aussi convaincu.

— Ne l'enterre pas trop vite, Paul. Le Time *vient de le classer septième sur sa liste des cent personnes les plus influentes de la planète...*

— Ce qui confirme bien que le Time *est un misérable torchon à cul, mon cher !*

Harry Kleymore sourit. Il jette un coup d'œil autour d'eux, dans les recoins de la pièce, comme s'il avait peur que les lieux aient été mis sur écoute.

— Je t'accorde qu'il aurait à prendre en compte des considérations politiques qui pourraient altérer son jugement, ou au moins fragiliser sa détermination, mais...

— Il n'aurait jamais le courage d'aller jusqu'au bout, le coupe Parton. Notre projet exige d'être dirigé par des hommes avec des énormes couilles. Des gars comme toi et moi. Lui, il s'est beaucoup amolli depuis Guantanamo. Harry, laisse tomber : de toute façon, nous n'avons pas besoin de lui.

— Peut-être, mais nous pourrions avoir besoin de certains de ses amis, rétorque le conseiller.

Le général fait un petit geste d'agacement.

— Si nous le mettons dans la boucle, il finira par nous le reprocher. Si ça tourne mal, on le mettrait dans une situation plus qu'embarrassante... Nous avons décidé d'agir justement parce que les types comme lui ne peuvent plus le faire.

— Certes, mais nous pourrions peut-être trouver un moyen d'avoir son aval sans trop lui en dire. Ça nous ouvrirait des portes.

Parton fronce les sourcils.

— Et tu m'expliques comment tu compterais accomplir cette prouesse ?

— En lui parlant de la fin sans parler des moyens.

— Et s'il refuse ? S'il est choqué ? Il risque de nous mettre des bâtons dans les roues. Pire : de chercher à démanteler notre groupe. Les enjeux sont trop grands et le bénéfice que nous aurions à gagner en l'incluant dans notre projet n'en vaut pas la peine. Je le répète, nous pouvons nous passer de lui.

Un silence passe.

Puis le général s'approche de son interlocuteur, et d'une voix plus basse encore, avec une espèce de sourire sardonique, il glisse :

— Non, en vérité, je vais te dire, ce qu'il faudrait, c'est virer ce crétin et mettre à sa place un homme qui nous est acquis. Un homme qui a un cerveau et des cojones.

— C'est sûr que ça nous changerait, concède Kleymore sur le ton de la plaisanterie, mais ce serait une erreur stratégique. Cet homme providentiel serait la victime directe des retombées de notre action. Non. Sur ce point-là, nous interviendrons plus tard. Notre projet va avoir l'effet d'une bombe, tu le sais. Autant éviter que l'un des nôtres fasse partie des dommages collatéraux. Quand notre plan sera terminé, nous n'aurons plus qu'à ramasser les morceaux.

Le général hoche la tête.

À cet instant, des bruits de pas résonnent dans le couloir.

— Alors on ne lui dit rien ?

— On ne lui dit rien.

Quand la porte du salon privé s'ouvre, les deux hommes se lèvent pour saluer le président des États-Unis et son chef de cabinet.

The wind blows

11.

À cette heure matinale, la température descendait facilement en dessous de zéro degré Celsius. Mais l'homme qui courait à présent au bord du réservoir d'Oradell, au nord-ouest de New York, ne ratait son jogging matinal sous aucun prétexte. En toute saison, cinq jours par semaine, ce jeune scénariste télévisé en vue se levait bien avant le réveil de ses deux enfants et, les écouteurs de son iPod calés sur ses oreilles, il partait courir pendant quarante-cinq minutes sur les rives de l'immense bassin d'eau potable. À cette heure-là, il ne croisait jamais personne, et il préférait ça car, à vrai dire, quand bien même il appartenait à leur espèce, il avait horreur des joggers. En tout cas, il avait horreur de ceux qui en faisaient davantage une parade sociale qu'un véritable exercice physique et s'équipaient d'un matériel hi-tech aussi ridicule que fluorescent, comme si les sentiers de course étaient des *catwalks* de défilés de mode.

En temps normal, arrivé à la hauteur du terrain de golf d'Emerson, il était contraint d'en faire le tour par l'ouest, de crainte de se faire sermonner par le gardien acariâtre du club, sous le ridicule prétexte qu'il n'avait pas de carte de membre. Mais, depuis une dizaine de jours, le golf étant fermé pour travaux, il se permettait cette petite incartade pour continuer à longer le bassin par les petits bois, sans rejoindre la route. Jusqu'à présent, personne ne lui était tombé dessus. Le plus difficile consistait à ne pas glisser sur l'une des nombreuses balles perdues qui traînaient au bord du réservoir comme autant de mines antipersonnel.

Quand il arriva à la pointe sud du golf d'Emerson, l'homme ralentit le rythme de sa course en voyant une forme blanche qui flottait étrangement sur l'eau. Sans cesser ses petites foulées, il obliqua vers le réservoir et plissa les paupières, comme si cela pouvait l'aider à mieux voir dans la faible lueur du jour.

Quand il fut au bord, l'horrible pressentiment qui l'avait habité aussitôt qu'il avait vu cette forme suspecte à la surface de l'eau se confirma. C'était une chemise. La chemise d'une femme, visiblement, qui flottait sur le ventre, immobile, les bras en croix.

— Oh, mon Dieu...

Horrifié, le coureur enleva ses oreillettes et composa le numéro de la police, les doigts tremblants.

Moins d'une heure après, on sortait du bassin un cadavre tuméfié à la peau brunâtre et auquel il manquait une jambe. Celle-ci fut trouvée un peu plus tard, ligotée à un poids qui aurait dû garder le corps encore quelques mois au fond de l'eau...

Les policiers durent repousser les nombreux voyeurs qui s'assemblaient rapidement près de la rive pour assister à ce morbide spectacle sous les premiers rayons du soleil.

Dès sa sortie de l'eau, la police constata que, contrairement à ce qu'avait cru le jogger, il ne s'agissait pas d'une femme, mais d'un homme. La confusion tenait au fait qu'il avait les cheveux longs. Le corps de cet homme, fort maigre, était si léger qu'il était remonté à la surface dès les premières heures de sa putréfaction, à l'apparition des premiers gaz, libéré par le déchirement de sa jambe gauche. Selon les premières estimations, à en juger par sa rigidité cadavérique, il ne devait pas être mort depuis plus de vingt-quatre heures.

L'apparence étrange de ses yeux ne pouvait être justifiée par le seul décès. L'officier en charge du rapport nota d'emblée qu'il s'agissait très probablement d'un aveugle. Mais surtout, il estima que la cause de la mort n'était sans doute pas la noyade, mais la conséquence des nombreux coups que ce pauvre homme semblait avoir reçus sur le corps et au visage.

12.

— Tu veux un café ?

Arthur Draken – qui dormait encore l'instant d'avant – sursauta en entendant la voix rauque de l'autre côté de la porte de sa petite chambre désuète aux murs lambrissés. Ce n'était pas tant le lambris que les posters jaunis de playmates aux pneumatiques seins nus qui donnaient à l'endroit un petit air anachronique tout à fait délicieux... On se serait cru dans la chambre d'un adolescent des années 1980 : il y avait des maquettes de voitures et de motos, des trophées, des médailles, des photos de chanteurs de rock aux cheveux permanentés, des petits drapeaux américains, des tasses à l'effigie de joueurs de base-ball... Sam Loomis n'avait, en revanche, pas menti sur un point : ça sentait l'huile de moteur à plein nez.

Le psychiatre se redressa brusquement dans son lit, quelque peu dérouté par cette vision matinale – la veille, en se couchant, il n'avait pas réalisé l'étendue de la chose – et se frotta le visage pour se réveiller.

Il posa les pieds à terre en secouant la tête. La moquette, bien que très usée, était si épaisse qu'on avait l'impression de pouvoir s'y enfoncer jusqu'aux chevilles.

— Tu veux un café ? insista la voix derrière la fine paroi.

— Qui... Qui est-ce ?

— C'est l'ami de Sam. Le garagiste. T'es réveillé ?

— Euh, oui... J'arrive !

Arthur Draken se leva du vieux lit métallique en grimaçant, enfila son pantalon et ouvrit la porte décorée d'une splendide photo de voiture de sport rose sur fond de Grand Canyon...

— Je t'ai réveillé ?

Le type était une véritable masse. Un gabarit de plaqueur de la NFL[1]. Les cheveux courts, dressés à la gomina, il avait des moustaches de Viking qui lui descendaient jusqu'au menton. Il avait tellement de tatouages sur ses bras bodybuildés qu'on avait du mal à distinguer le moindre centimètre carré de peau sans encre.

— Tout juste, répondit Draken.

— Je suis désolé, mais de toute façon, tu aurais été réveillé par les bruits de l'atelier. Va falloir t'habituer au rythme, ici.

— Il n'y a pas de souci, répondit Draken en s'efforçant de sourire.

Après avoir vécu plus de dix jours dans le taudis de Paul Clay, il n'était plus à ça près.

— David Bolin, se présenta le colosse en lui tendant une bien large main. Mais tu peux m'appeler Dave.

— Enchanté, Dave.

— Je dois t'appeler « doc » ?

— Euh, non, vous pouvez m'appeler Arthur.

— OK. Café, Arthur ?

— Volontiers.

— Tu viens le boire dans l'atelier avec moi ?

L'atelier, c'était cet immense bazar que surplombait la piaule improbable où Draken venait de passer la nuit. Une demi-douzaine de voitures de

1. *National Football League*, Ligue nationale de football américain.

collection y étaient démontées, certaines perchées sur des ponts, d'autres tellement désossées qu'on se demandait si elles pourraient rouler de nouveau un jour. L'espace était envahi par des outils de toutes tailles, neufs ou anciens, des coffrets en plastique ou en fer, des bidons métalliques qui semblaient indélogeables, des établis, une presse hydraulique, un compresseur, des enrouleurs, des chariots à roulettes qui pouvaient passer sous les carrosseries… Et il y avait ici plus de chiffons sales qu'une blanchisserie n'aurait pu en nettoyer en une journée complète.

Ils descendirent ensemble les marches en aluminium rivetées et le psychiatre suivit le garagiste vers ce qui devait être le coin cuisine de l'atelier, espace qui se résumait à un évier (qui avait dû être blanc), un petit réfrigérateur et une vieille cafetière à l'italienne.

Dave lui servit une tasse de ce breuvage qui se révéla excellent, malgré les apparences.

— Alors comme ça, t'es psy ?

— Eh oui… Pourquoi ? Vous avez besoin de mes services ?

Le garagiste partit d'un rire gras.

— Ah ça ! C'est sûr que bosser dans un garage, ça rend un peu dingue, hein !

— Vous savez qu'un psychiatre ne travaille pas exclusivement avec des dingues ?

— Ah. T'as bien de la chance. Moi, on ne m'apporte que des bagnoles déglinguées.

Cette fois, ce fut à Draken de rire franchement.

— Vous avez l'air de bien vous en sortir. Il y a du travail, on dirait…

— Détrompe-toi. C'est plus comme avant. Avec la crise, les gens ne gardent plus leurs vieilles bagnoles. Ils les vendent aux Cubains. Je suis obligé de faire du catch le week-end pour arrondir les fins de mois.

— Du catch ? demanda le psychiatre, perplexe.

Le garagiste fit un geste désabusé de la main.

— M'en parle pas.

Ils finirent tous deux leur café.

— Paraît que je dois vérifier que tu ne t'enfuies pas.

— Il paraît.

— C'est un comble. Je ne pensais pas devoir jouer un jour à la nounou pour psy...

— Tout arrive. Je ne pensais pas dormir un jour dans un garage.

— Si je peux rendre ton séjour plus agréable, hésite pas... Tu as besoin de quelque chose, là-haut ?

— Écoutez, oui, pour tout vous dire, Dave, j'aurais besoin de quelque chose.

— Tout ce que tu veux. Enfin, dans la limite de la légalité, hein... Étant entendu qu'ici, dans ce garage, les joints et l'alcool sont considérés comme des produits légaux, évidemment.

— J'ai vu qu'il y avait une vieille télé, là-haut.

— Tu en veux une plus récente ?

Draken sourit de nouveau.

— Non. Mais je voudrais bien un magnétoscope.

— Un lecteur de DVD, tu veux dire ?

— Non. Un bon vieux magnétoscope. J'ai des cassettes vidéo sur lesquelles je dois travailler...

— Ah ! Si t'aimes aussi les vieilles machines, on va s'entendre, Arthur !

13.

Quand John Singer sortit de la salle de bains de la chambre d'hôtel, il vit que Cathy dormait encore dans le second lit, à l'opposé du sien.

Il enfila rapidement ses vêtements dans la pénombre, s'efforçant de ne pas faire de bruit, mais ce fut la sonnerie de son téléphone portable qui se chargea de réveiller la jeune femme.

Le numéro de William Roberts s'afficha sur le petit écran. Singer décrocha.

— Ne quitte pas une seconde, demanda-t-il à son interlocuteur.

Il se tourna vers Cathy en recouvrant le petit micro du cellulaire.

— Tu pars ? demanda la jeune femme en se frottant les yeux.

— Je vais voir Dana Clark.

— À cette heure-là ? Je ne sais pas comment tu fais ! Je suis épuisée, moi...

— Avec tout ce qu'on a traversé, Cathy, ce n'est pas le moment de se laisser aller. Si on est sortis vivants de cet enfer, c'est pas pour abandonner maintenant. Je crois à ce que je fais, tu sais ?

— Oui. Je sais. J'y crois aussi. Mais tu es sûr que c'est une bonne idée ?

— De quoi ?

— D'aller voir Dana Clark ? Elle est jolie...

— Ce n'est pas pour moi que je vais la voir, Cathy. C'est pour Exodus2016. Et de toute façon... Qu'est-ce que ça peut te faire ?

Elle haussa les épaules et se retourna dans son lit.

— À tout à l'heure.

Il sortit de la chambre et retrouva son correspondant au bout du fil.

— Qu'est-ce que je peux faire pour toi, William ?

— Il faut qu'on parle, John.

— Je t'écoute.

— Tu es où ?

— Je pars voir Dana Clark, la journaliste de CBS.

— Ah. Ça tombe bien. C'est d'elle dont je veux te parler.

Singer fonça les sourcils.

— Eh bien ?

— John... J'aimerais que tu m'expliques pourquoi tu ne lui as pas donné le vrai fichier que nous lui avions promis, en échange de son soutien ? Le fichier DES-87 ?

Le dirigeant d'Exodus2016 grimaça. Il savait que cette conversation allait finir par avoir lieu, mais il aurait préféré qu'elle vienne à un autre moment.

— J'ai pensé qu'il était plus intéressant de lui donner le tuyau sur la République libre du Tumba. Je ne me suis pas trompé : ça a porté ses fruits.

— Peut-être, mais ce n'était pas ce qui était prévu, John. En d'autres termes : tu m'as menti.

— Je ne t'ai pas menti. J'ai changé d'avis au dernier moment. Je n'ai pas eu la liberté de te consulter, c'est tout. Le fichier DES-87 est une bombe que je veux garder comme une bouée de secours. Un bouclier de dernier recours.

— C'est en contradiction avec notre philosophie, John. Nous sommes les garants de la transparence. Nous ne pouvons pas en garder sous le coude et priver le public d'informations qu'il est en droit de connaître.

— William... Cela fait un moment qu'on garde ce fichier. Et pour une bonne raison. C'est un parachute. Un parachute, ça ne sert à rien de l'ouvrir avant la chute.

John Singer était arrivé dans le lobby de l'hôtel. Il sortit sur le trottoir et fit signe au voiturier.

— Ton intégrité morale t'honore, et tu sais bien que je suis le premier à défendre la sacralité de la transparence. Mais, ne le prends pas mal : tu ne comprends rien à la politique et à la communication. J'ai pas survécu à mon enlèvement pour tout foutre en l'air à peine libéré.

— Tout foutre en l'air ? Tu exagères...

— Crois-moi, j'ai eu le temps de réfléchir, pendant ma détention. Je suis ressorti plus déterminé que jamais, et je sais ce que je fais. Si Exodus2016 balance n'importe quoi n'importe quand, cela risque de brouiller l'information. Chaque chose en son temps. L'affaire du DES-87 concerne le passé, il n'y a pas d'urgence à la révéler au public. Alors que pour la RLT, il y avait urgence. Le peuple tumbalais a retrouvé la liberté grâce à nos révélations. Et moi, c'est tout ce qui m'intéresse. Le peuple africain mérite lui aussi notre attention, notre aide. On ne peut pas se contenter des petits scandales américains. Si notre groupe ne sert pas à libérer les peuples opprimés, alors il ne sert à rien.

— C'est une vision un peu idéaliste de la situation, John.

— OK, crucifie-moi, je suis un idéaliste ! Je croyais que c'était sur des idéaux, justement, que nous nous étions retrouvés...

— Je te parle de la RLT, John. Ta vision est un peu idéaliste. Tu ne vois que ce qui t'arrange. Certes, ils se sont débarrassés d'un dictateur, mais à quel prix ? Et rien ne dit que leur avenir sera meilleur !

— C'est un premier pas, William. On ne peut pas accepter l'horreur sous prétexte qu'on n'a pas de garantie que l'avenir sera meilleur.

— Parfois, j'ai l'impression qu'on joue avec des enjeux qui nous dépassent.

— Il faut croire au progrès, William. Tu as perdu la foi ?

— Non. Bien sûr que non. Je le répète : ce qui me dérange, ce n'est pas que tu aies fait ce choix, c'est que tu l'aies fait sans nous concerter. Quand tu es parti voir Dana Clark, c'était pour lui donner un dossier bien précis. Un dossier qui pouvait faire tomber les enfoirés de la CIA. Tu lui en as balancé un autre, sans nous en informer. Ce n'est pas correct.

— J'ai bien entendu, William, et je suis désolé. J'ai agi dans ce qui me semblait être l'intérêt de notre groupe. Parfois, il faut savoir improviser, c'est ce que j'ai fait. Vous m'avez témoigné votre confiance en me nommant porte-parole d'Exodus2016. Est-ce que j'ai perdu ta confiance, William ?

— Non. Bien sûr que non...

— Tant mieux. Maintenant, je dois te laisser, je suis au volant. Nous en reparlerons plus tard, si tu veux. Fais-moi confiance, William. On est en train de vivre enfin notre rêve.

Il engagea sa voiture en direction du Midtown Center de New York.

Two meanings

14.

Draken ferma la porte et s'installa sur le vieux lit métallique pour regarder, de nouveau, les vidéos des séances d'hypnose d'Emily. À présent qu'il n'avait plus sa fresque sous les yeux, il éprouvait le besoin de faire le point et de voir s'il pourrait faire de nouvelles déductions concernant le cygne, et donc Swans Island.

Ainsi, malgré le bruit qui montait de l'atelier du garagiste en contrebas, il entreprit de regarder une à une les douze cassettes dont il disposait – la treizième étant toujours entre les mains de la police. Ce faisant, il compléta le tableau dans lequel il établissait, au fur et à mesure, des correspondances entre les images utilisées par Emily et ce à quoi elles pouvaient se rapporter, selon lui, dans la réalité.

VISIONS EMILY	*SIGNIFICATION*
Train fantôme dans lequel monte Emily.	*Suggéré par mes paroles de début de séance, mais aussi train de la comptine.*

Temple dans lequel entre le petit train.	*? Peut-être aspect sacré de sa mémoire, qu'on ne doit pas violer.*
Pommier aux fruits rouges sur la rive.	*? Symbolique du fruit en général : l'abondance, la fertilité. Christianisme : « Le fruit de vos entrailles » : l'enfant. La pomme : péché originel chez les chrétiens, acte sexuel ou connaissance interdite. Chez les Grecs, symbole de l'amour.*
Un roi (homme avec une couronne) blessé à la jambe, immobile dans une rivière.	*Tantôt jeune, tantôt vieux, il pourrait représenter plusieurs personnes. — John Singer ? En effet, « Le roi et la reine » semblent représenter par moments le couple Singer. — Emily dit que le roi symbolise l'abandon, pour elle. A-t-elle été abandonnée par son père ? — Le roi peut symboliser la figure paternelle en général ; il a une blessure, un secret ? — La blessure à la jambe et la rivière dans laquelle il est font une référence directe au Roi pêcheur (cf. légende arthurienne, un roi blessé à la jambe, gardien du Graal) ? Et donc un gardien du plus grand des secrets ? Dans la légende, après la blessure du*

	roi, la terre du royaume devient stérile. *Mythe de la Terre désolée.*
Comptine chantée par une femme dans une tour.	*Chanson de Swans Island, chantée par une bonne sœur dans un couvent ?* *Emily l'a-t-elle entendue directement ? La chanson l'a-t-elle marquée parce qu'elle a un lien avec elle ?*
Haute tour noire.	*La tour noire semble aussi représenter plusieurs choses :* *— La tour du Citigroup Center (le vent qu'il y a autour fait référence à la « Windy City », Chicago)* *— Un couvent (car des femmes « qui se ressemblent » y sont) ?*
La tour prend forme de clepsydre.	*Clepsydre = urgence, le temps est compté ? Emily savait qu'une catastrophe allait avoir lieu (l'enlèvement de Singer, ou ce qui se passera ensuite ?)*
L'escalier en colimaçon de la tour.	*Symbole de la progression vers le savoir. Seuls ceux qui montent savent.* *Les hommes qui tombent (avec des camisoles de force) symbolisent la perte de connaissance, l'obscurantisme ?*
Le roi ne parvient pas à attraper le fruit ni à attraper l'eau de la rivière.	*Référence directe au supplice de Tantale : coltan (colombite-tantalite) de la République libre du Tumba ?*

Le roi frappé par des éclairs lancés par un oiseau de feu (un phénix ?)	*? Phénix, symbole de la renaissance ? Et si ce Phénix, c'était Emily ? Le coma vu comme une sorte de mort ? Emily pouvait-elle savoir qu'elle serait laissée pour morte, qu'elle perdrait la mémoire et qu'on lui donnerait une nouvelle identité ?*
Épouvantail sans visage	*L'homme au chapeau qui semble terroriser Emily ? Les épouvantails font peur aux oiseaux, et si Emily est le Phénix, l'épouvantail lui fait peur…*
Sang du Rhinocéros qui coule dans la rivière. Le Rhinocéros fait confiance au roi mais il ne devrait pas, celui-ci va le trahir avec le Zèbre.	*Attaque de la tribu des « Rhinocéros » en République libre du Tumba. Qui représente le roi ici ? Qui a trahi les « Rhinocéros », à savoir le président Tsombé ?*
Reine avec une longue robe bleue, qui ne peut pas entrer dans l'eau. Elle en veut au roi.	*Cathy Singer ? La reine et l'eau sont des symboles maternels… est-ce la mère d'Emily ? Ou bien Emily elle-même, maman ?*
Cygne, à qui la reine donne la pomme.	*Très probablement Swans Island. Mais attention, le cygne est aussi le symbole de l'amour et de la fidélité. Référence possible au conte du* Vilain Petit Canard *? (histoire d'un petit canard que les autres rejettent*

	jusqu'à ce qu'il rencontre des cygnes, qui le reconnaissent comme l'un des leurs) ?
Les femmes dans la tour tirent des flèches sur la reine.	*S'agit-il toujours des bonnes sœurs ? Si la reine symbolise la mère, pourquoi ces femmes défendent l'entrée dans la tour ?*
La reine donne sa couronne à Emily.	*?* *La reine/mère abdique ?*
Les méchantes femmes ont soudain toutes le même visage qu'Emily et veulent attraper la reine et le roi.	*Si cela symbolise l'enlèvement des Singer, les femmes ne représentent sans doute plus les bonnes sœurs. Mais qui ? Les ravisseurs ? Et pourquoi ont-elles le même visage qu'Emily ? S'identifie-t-elle aux ravisseurs ?*
Le cavalier avec une cape noire et un masque vénitien.	*L'homme au chapeau, comme l'épouvantail ? Le masque cache son visage, comme un chapeau... Emily est à nouveau terrorisée. Pourquoi un cavalier ? Le cheval est un symbole de guerre et de domination politique (permet au cavalier de s'élever au-dessus des fantassins)... Voir aussi le mythe du centaure : l'alliance entre l'homme et le cheval est celle de l'intelligence avec la force brute. Mais aussi : le cavalier fait référence aux échecs, comme*

	le roi et la reine. Tout ceci est une partie d'échecs ?
Le masque qui sourit, les femmes qui se forcent *à rire elles aussi.*	Belly Laugh Day, *journée du sourire, 24 janvier, date de l'enlèvement du couple Singer.*
Le cavalier veut enlever *le roi et la reine* *lui aussi.*	*Enlèvement du couple Singer ?*
La rivière près *d'un donjon*	*Clairement* *le barrage de Saville*
L'eau ensanglantée *de la rivière, dressée* *par le cavalier,* *comme un rideau* *rouge pour empêcher Emily* *de voir ce qu'il se passe.*	*Rideau de théâtre,* Phantom of the Opera *utilisé comme un leurre* *pour tromper la police.*
Arène romaine vers *laquelle le cavalier* *entraîne Emily.*	*Yankee Stadium,* *lieu du leurre.*
Souterrain derrière *un « champ* *de cadavres ».*	*Le passage souterrain* *de « Lichfield » au pied* *du barrage de Saville.*
Œil gigantesque *qui emplit tout le ciel.*	*Logo d'*Exodus2016. *Cela signifie qu'Emily savait qu'il y avait un lien avec John Singer. Or, Singer prétend ne pas la connaître !!*
Le cavalier n'est plus sur un cheval, mais sur un zèbre. *Ensemble,* *ils se moquent* *du rhinocéros.*	*Tribu des Zèbres de la RLT. Si le cavalier est l'homme au chapeau, a-t-il un lien avec les « Zèbres », la tribu des Mabako ?*

Il restait évidemment beaucoup de questions sans réponses, mais il y avait aussi quelques certitudes. Emily, au plus profond de sa mémoire, était au courant de nombre de choses qui allaient se dérouler *après* son amnésie. La manière dont elle avait recueilli ces informations était forcément liée à son meurtre. L'explication la plus simple – et donc la meilleure – était que l'homme au chapeau voulait faire taire Emily. Mais qu'est-ce qui reliait Emily à ce criminel ?

Quand il eut terminé, Draken se concentra sur les éléments qui, dans les différentes visions d'Emily, se rapportaient à la figure du cygne, afin de voir s'il pouvait en déduire quelque chose concernant Swans Island.

Premièrement, le cygne était dans la rivière, donc au milieu de l'eau. Cela pouvait confirmer qu'il symbolisait bien une île : Swans Island.

Deuxièmement, la reine tendait à l'animal une pomme que le roi, lui-même, ne pouvait pas attraper (et elle semblait d'ailleurs lui en vouloir) : dans cette vision-là, le roi et la reine représentaient-ils John et Cathy Singer ? Draken en doutait. Ils n'avaient pas à cet instant le même visage que dans la scène, plus tardive, où ils étaient poursuivis. Dans une vision sous hypnose, comme dans un rêve, la même figure pouvait représenter plusieurs personnes différentes. Mais alors à qui correspondaient les figures royales dans la première scène ? Emily et son compagnon ? Le fameux Mike dont le nom était gravé sur l'alliance ? Peut-être. Quoi qu'il en fût, la reine « offrait » à Swans Island un fruit que le roi ne pouvait attraper. Le fruit, de façon assez évidente, pouvait symboliser un enfant, surtout près de l'eau, qui figurait souvent le ventre de la mère… Cela signifiait-il qu'Emily avait « donné » un enfant à Swans Island ? Draken trouverait-il un fils ou une fille d'Emily en se rendant là-bas ? Le cygne ne mangeait pas la pomme, mais la gardait précieusement dans son bec : on était ici dans l'imagerie de la protection. Swans Island avait « protégé » ce fruit, à savoir, si c'était bien le cas, l'enfant d'Emily.

Ce qui était certain, c'était que la comptine était liée à Swans Island : écrite par une bonne sœur, la chanson liait donc probablement Emily elle-même à l'île. Mais cela signifiait-il qu'Emily connaissait cette bonne sœur ? Et si les autres femmes, qui se ressemblaient toutes, étaient bien des nonnes, dans un couvent représenté ici par une tour noire, Draken trouverait-il effectivement ce couvent sur la petite île ?

C'était, à l'évidence, la première chose qu'il devait vérifier : y avait-il un couvent sur Swans Island ?

Le psychiatre referma son carnet, éteignit le magnétoscope et retourna dans l'atelier du garagiste.

Dave, allongé sous le moteur d'une Plymouth Barracuda, fit glisser le chariot pour sortir au grand jour.

— Qu'est-ce que je peux faire pour vous, Art' ?

— Vous avez une connexion Internet ?

Close your eyes

15.

— Vous boitez ? demanda Dana Clark en voyant John Singer arriver à l'arrière du bar où ils s'étaient donné rendez-vous.

Ici, c'était le royaume des costards-cravates. Tout ce dont Singer avait horreur. Pas la même population que dans le quartier des abattoirs...

— Un peu. Je ne me suis pas encore totalement remis de ma détention.

— Vous avez dû en baver...

— Ce n'était pas une partie de plaisir, en effet. Mais je ne suis pas venu ici pour me plaindre, Dana.

— Vous êtes venu pour quoi ? répondit la belle brune avec un sourire amusé.

— Vous remercier à nouveau. Grâce à vous, Cathy et moi avons été libérés, et maintenant nous avons trouvé une audience qui dépasse toutes nos espérances.

La journaliste planta son regard dans le sien, d'un air qui ressemblait à du défi.

— Le fait que le conflit en RLT ait entraîné la mort de plusieurs milliers de personnes n'altère pas votre joie quelque peu ?

— Un dictateur est tombé, Dana. Et il y a eu probablement beaucoup moins de morts qu'il y en aurait eu si l'opinion, là-bas, n'avait pas été mobilisée par nos révélations.

— Peut-être. Il n'empêche que ça me laisse un goût amer. Et je ne suis pas sûre que les Tumbalais y gagnent vraiment au change, avec la tribu des Mabako.

— Au moins, les ressources naturelles du pays ne seront plus pillées par un président véreux. L'exploitation du coltan va à nouveau profiter au peuple africain.

— J'aimerais en être aussi sûre que vous.

Elle fit signe au serveur.

— Vous voulez une bière ? demanda-t-elle à Singer.

Il hocha la tête et elle passa la commande.

— Le commerce du coltan a déjà repris de manière légale, Dana. Plus de pots-de-vin, plus de détournement comme à l'époque du président Tsombé. L'argent revient aux Tumbalais. C'est déjà une injustice de moins.

— D'accord.

— Et puis, de toute façon, vous savez, je me bats pour la liberté d'information. C'est mon credo. C'est une religion. Et pour moi elle n'a pas de prix, parce qu'elle est la condition requise à la véritable liberté des citoyens.

— Alors je suppose que c'est une bonne nouvelle.

— Ce n'est qu'un début. Beaucoup de gens aimeraient que je me taise. Je suppose que c'est même pour ça que j'ai été enlevé, Dana. On veut étouffer Exodus2016. Alors je suis plus déterminé que jamais, maintenant. Notre société doit entrer dans une ère nouvelle où ce ne sera plus aux gouvernements de décider ce que les peuples doivent savoir, mais aux peuples de s'informer eux-mêmes.

— Vous parlez à une journaliste d'information, John. Vous prêchez une convaincue.

— La souveraineté des peuples est pour moi une valeur sacrée. Elle n'a pas de prix.

La journaliste sourit.

— Vous êtes un véritable petit soldat, en somme !

— Je nous vois plutôt comme des résistants.

— Soit. En tout cas, tout le monde parle de vous, et c'est sans doute une bonne chose. Pour ma part, je tiens aussi à vous remercier. Vous avez tenu parole, et en me donnant l'exclusivité, vous m'avez permis d'obtenir une plus grande crédibilité auprès des exécutifs de CBS. C'est une belle avancée dans ma carrière, comme on dit.

— Tant mieux pour vous.

Le serveur apporta les bières et ils trinquèrent.

— Nous n'allons pas passer la matinée à nous autocongratuler, n'est-ce pas ? lança Dana Clark avec un sourire.

— Que voulez-vous dire ?

— Allons, John... Vous avez encore besoin de moi. Sinon, vous ne seriez pas là.

— Qu'est-ce qui vous fait dire ça ?

— Ne me dites pas que vous êtes simplement venu boire une bière. Je ne suis pas naïve.

— Et pourquoi pas ?

— Vous êtes marié, il me semble...

Singer sourit.

— OK. Je capitule. Oui, il se pourrait qu'Exodus2016 ait un autre dossier à vous proposer, sous peu. Nous n'avons jamais été sous autant de pression. La CIA, le FBI, le monde des affaires, ils sont tous sur notre dos, et ils vont tout faire pour nous museler. Nous devons réagir vite.

— Je suis tout ouïe.

— Je ne peux rien vous dire pour le moment, mais je voudrais m'assurer de votre collaboration.

— Tant que vous nous donnez du solide, John, on sera derrière vous.

— Très bien. Mais cette fois...

Il s'approcha de la journaliste.

— Cette fois, cela ne se passerait pas selon les mêmes modalités.

Dana Clark fronça les sourcils.

— Comment ça ?

— Je veux une interview, Dana. Une interview, en direct, sur CBS.

16.

— Vous pouvez rayer le Dr Draken de votre liste de suspects, Powell.

Comme à son habitude, l'agent Sam Loomis, tout de cuir vêtu, s'était négligemment assis sur le bord du bureau du capitaine et mâchait bruyamment un chewing-gum à la chlorophylle.

— Vraiment ?

— Il a été officiellement innocenté par le FBI, et par le procureur, par la même occasion.

— Très bien. De toute façon, depuis l'apparition des photos montrant l'homme au chapeau sautant de sa fenêtre, le jour du meurtre, il ne faisait plus vraiment partie des suspects, agent Loomis. Simplement des témoins ayant bizarrement décidé de se retirer du monde. Pas vraiment l'attitude d'un type qui n'a rien à se reprocher.

— Ça a l'air de vous agacer... Vous avez quelque chose contre le psychiatre, hein ?

Le capitaine du 88e district préféra ne pas répondre.

— Je sais ! ironisa Loomis. Vous êtes amoureux de Lola Gallagher, et vous savez qu'elle finira inéluctablement avec Draken ! Vous êtes jaloux, mon pote !

Le vieux flic ne sembla pas trouver la plaisanterie amusante.

— Ne soyez pas ridicule. J'ai moi aussi une nouvelle à vous annoncer. Vous pourrez la transmettre à Draken, maintenant que c'est devenu votre meilleur copain.

— Quoi donc ?

Powell tendit un dossier à l'agent fédéral.

— Le cadavre de Ben Mitchell a été retrouvé ce matin dans le réservoir d'Oradell.

Le sourire s'effaça du visage de Loomis. Il sembla analyser l'information pendant un instant, avant de murmurer, comme pour lui-même :

— Eh merde. On sait maintenant qui a balancé la planque de Draken à ces enfoirés.

— Pardon ?

— Dans quel état était le cadavre ?

— D'après le premier rapport, la mort ne remonte pas à plus de vingt-quatre heures Ben Mitchell aurait succombé suite à de nombreuses blessures sur les jambes, le torse et la tête. Il a été frappé par un objet contendant. Peut-être une barre de fer. Il a ensuite été jeté au fond du réservoir d'Oradell, avec un poids attaché à sa jambe... Mais celle-ci s'est détachée, sans doute déjà très endommagée par ses blessures. Tout est dans le premier rapport.

— Les enfoirés.

Sans ajouter un seul mot, l'agent Loomis attrapa le dossier et sortit.

The line

17.

Lola entra sans frapper dans le bureau de Phillip Detroit. Elle fut aussitôt déçue d'y voir également le jeune Tony Velazquez. Il faudrait remettre à plus tard la conversation qu'elle voulait avoir avec son collègue – et néanmoins amant occasionnel – au sujet de la façon dont il avait obtenu des informations sur Chris.

— Bien rentrée ? demanda Detroit d'un air entendu.

— Oui.

À en croire son attitude à l'aéroport et ici même, Phillip n'avait probablement parlé à personne de ce qu'il avait découvert sur Lola et son frère. Il gardait ça pour lui. Pour l'instant, en tout cas. Et cela lui donnait une sorte de pouvoir sur l'Irlandaise. Ce salopard jubilait sans doute. Elle préféra ne pas y penser et parler de tout autre chose.

— J'ai croisé Loomis en bas, il est sorti comme une flèche. Qu'est-ce qu'il se passe ?

— Il était venu annoncer à Powell que Draken est totalement disculpé du meurtre d'Emily Scott...

Et le capitaine lui a appris en retour que Ben Mitchell vient d'être retrouvé mort...

— Quoi ? s'exclama Lola, perplexe.

Abasourdie, la rousse se laissa tomber sur le seul fauteuil disponible dans le bureau de Detroit.

— Il s'est fait défoncer la tête à coups de barre de fer et on l'a jeté au fond du réservoir d'Oradell.

Lola se frotta le front, incrédule.

— Merde... Et... Et Draken est totalement disculpé pour Emily ?

— Apparemment.

Lola peina à maîtriser les sentiments contradictoires que lui inspiraient ces deux informations. Elle était à la fois soulagée pour Draken et triste pour lui. La mort de Ben Mitchell serait certainement un coup dur pour le psychiatre qui, au fond, était probablement son meilleur ami.

Une fois le choc passé, elle se demanda aussi quel secret Mitchell emportait avec lui dans la tombe... Il y avait certainement des détails concernant la mort de ces deux patients et l'internement de Paul Clay qu'elle ignorait encore et au sujet desquels le neurophysiologiste ne pourrait plus jamais parler. Draken lui dirait-il un jour la vérité ?

— Merde, répéta-t-elle tout bas.

Il y eut un silence gêné.

— Tout s'est bien passé à Philadelphie ? demanda finalement Velazquez d'un air innocent.

Gallagher et Detroit échangèrent un regard.

— Oui. Et ici, quoi de neuf ?

— Eh bien, le capitaine Powell nous a mis, Detroit et moi, sur l'enquête du meurtre d'Emily.

— Félicitations. Vous avez trouvé quelque chose ?

— D'abord, j'ai fait des recherches sur l'homme au chapeau, expliqua Velazquez, qui semblait fier de montrer qu'il avait pris les choses en main. On sait qu'il s'est enregistré au *Nu Hotel* sous le nom de Richard Oswald. Mais ça n'a rien donné.

— Un nom bidon, à l'évidence, intervint Detroit. Pourquoi pas Lee Harvey Oswald[1], pendant qu'il y était ?

— Ensuite, j'ai fait des recherches sur le cadavre de la femme qui a été retrouvée dans la forêt de Nepaug, près de Collinsville. La mort a été datée entre le 15 et le 20 janvier.

— Soit tout juste après qu'Emily a été agressée dans le parc de Fort Greene, remarqua Lola.

— Oui. Selon le rapport d'autopsie, elle était morte avant qu'on ne lui écrase sauvagement le visage. Sans doute pour empêcher qu'on la reconnaisse, vu qu'elle n'avait pas d'empreintes digitales, elle non plus. Et ce n'était pas son seul point commun avec Emily Scott.

— Comment ça ?

— Elle avait elle aussi entre trente-deux et trente-six ans et elle était très proche en taille et en poids. Je me suis même demandé si les deux femmes n'étaient pas jumelles. Mais la comparaison de leur ADN a donné un résultat négatif.

— Bon boulot, Velazquez.

— Merci. On peut juste se demander si elles ne sont pas toutes les deux les victimes d'un tueur en série qui choisit des proies identiques…

— Des femmes sans empreintes digitales ?

— Ça fait peut-être partie de son mode opératoire.

1. Assassin présumé du président John F. Kennedy.

— Non. Emily n'avait déjà plus d'empreintes *avant* d'être agressée.

Velazquez hocha la tête.

— Mais c'est pas tout, reprit-il. Le rapport d'autopsie constatait aussi que la femme avait subi une opération neurochirurgicale, peu de temps avant de mourir. On lui avait apparemment placé un implant à la surface du cortex.

— Un implant dans le cerveau ? s'étonna Lola.

— Oui. Apparemment, c'est devenu une opération chirurgicale plus fréquente qu'on le croit. Problème : cet implant n'était plus sur le cadavre.

— Vous avez enquêté là-dessus ?

— Pas encore. En revanche, j'ai fait une autre découverte de taille.

Detroit fit un geste moqueur.

— Il a les chevilles qui enflent, le bleu.

Velazquez soupira.

— Ne vous laissez pas impressionner, Tony. Il est jaloux, c'est tout. Alors ?

— J'ai décidé d'analyser scrupuleusement les vidéos du RTCC concernant le premier trajet d'Emily, avant qu'elle n'aille au Brooklyn Museum. Il y a trois images d'Emily qui ont été prises au même endroit, sur St Johns Place, près de la station de bus, vous vous souvenez ?

— Oui.

— En gros, elle revient sur ses pas, disparaît, puis revient. Sauf que quand elle revient, j'ai remarqué elle avait sa bague sur le doigt, alors qu'elle ne l'avait pas dans les deux vidéos précédentes.

Lola pencha la tête, intéressée.

— Ma conclusion : elle était en train de s'enfuir et, soudain, elle a fait demi-tour pour aller chercher cette foutue bague. Et, vu le timing, elle n'est pas allée la chercher bien loin.

— Excellent !

— Malheureusement, j'ai fait des recherches dans tout le quartier, j'ai montré sa photo aux gens... Je n'ai rien trouvé.

Lola réfléchit, puis un sourire se dessina sur ses lèvres.

— Il y a peut-être une solution, dit-elle avec malice.

Velazquez lui adressa un regard interrogateur.

— Tiens, c'est le retour de Madame 90 %, railla Detroit.

— Le bip de parking qu'elle portait sur elle quand elle a été blessée dans Fort Greene. Qui veut parier qu'il ouvre une porte quelque part dans les environs ?

Dear lady

18.

Cela faisait près d'une heure qu'elle était dans son bain quand Cathy Singer se décida enfin à en sortir. Le bout de ses doigts était complètement fripé, comme une peau de nouveau-né. Elle attrapa le peignoir de l'hôtel derrière la porte de la salle de bains et se glissa à l'intérieur en frissonnant.

Elle s'approcha du lavabo et regarda sa montre posée sur la petite étagère. John n'avait pas donné de nouvelles depuis plus de deux heures, tout entier accaparé par ses activités au sein d'Exodus2016. Elle soupira. Elle commençait presque à l'envier. On en attendait tellement de lui, et si peu d'elle ! Par moments, elle avait l'impression de ne faire que de la figuration. À présent, elle n'était plus tout à fait sûre de pouvoir accepter ce rôle. Mais John avait besoin d'elle pour réussir. Et elle avait appris à ne désirer rien d'autre que la réussite de cet homme.

Elle leva les yeux vers le miroir et observa ce visage fatigué qu'elle ne pouvait plus supporter. Ces cernes. Ces premières rides au bord des yeux. Cette tristesse dans le regard. Et ce nez... Ce nez qu'elle détestait tellement.

Plus elle y songeait, moins elle aimait ce qu'elle était devenue.

Combien de temps pourrait-elle tenir ? Combien de temps pourrait-elle rester auprès de cet homme qui ne l'aimait même pas ? Combien de temps devrait-elle faire bonne figure à ses côtés ? Elle avait espéré que les journées qu'ils avaient passées ensemble, quand ils étaient enfermés, toutes ces épreuves qu'ils avaient surmontées les rapprocheraient. Que, là-bas, dans l'adversité, John tomberait réellement amoureux d'elle. Mais voilà : il ne pensait qu'à une seule chose. John pensait à Exodus2016. Il ne vivait que pour ça : sa mission, son rôle à jouer dans l'Histoire. Il y croyait tellement ! Il s'y était tellement investi, corps et âme, qu'il n'y avait pas de place dans sa vie pour une véritable histoire d'amour. Une histoire qui, aujourd'hui, aurait sans doute été la seule chose capable de sauver Cathy de la dépression.

Au lieu de ça, John préférait sans doute la légèreté d'un flirt de passage avec une Dana Clark.

La jeune femme attrapa lentement sa large trousse de toilette. Elle en sortit une petite pochette noire dont elle ouvrit doucement la fermeture éclair. Elle en extirpa une aiguille et une fine seringue, puis elle remplit celle-ci du produit translucide qu'elle s'injectait quotidiennement depuis plus d'un an maintenant. Ce produit qui faisait d'elle une personne qu'elle ne voulait plus être. Mais elle n'avait pas le choix. Elle devait *faire bonne figure*.

Elle remonta délicatement la manche gauche du peignoir et tendit son bras devant elle. Un geste qui était devenu machinal. L'habitude rituelle d'une toxicomane. Et pourtant, au moment de se piquer, sa main droite, qui tenait la seringue, se mit à trembler.

Le cœur battant, elle releva les yeux vers le miroir. Son visage était flou à travers la buée qui s'était maintenant accumulée sur le verre. Les larmes qui coulaient sur ses joues se mêlaient aux gouttes d'eau qui descendaient lentement sur la surface humide. Elle leva la main et essuya nerveusement la glace d'un revers de manche.

Alors ses traits lui apparurent de nouveau plus clairement et, aussitôt, ses pleurs redoublèrent. La seringue glissa entre ses doigts et se brisa sur le carrelage.

Cathy, secouée par des sanglots de plus en plus violents, regarda longuement son reflet devant elle, comme s'il se fût agi de quelqu'un d'autre, quelqu'un qui la jugeait, quelqu'un qui la prenait en pitié.

La fureur la prit d'un coup, comme une vague qui se fût soudain soulevée sur une mer d'huile. Elle pencha la tête en arrière, puis donna un violent coup de front dans la glace. Le verre se brisa dans un bruit terrifiant, maculé de sang, renvoyant l'image déstructurée de son visage blessé. Dans un cri de rage, de folie, elle recommença. Encore, et encore, enfonçant sa face dans le miroir fendu, jusqu'à ce que son nez se brise d'un coup dans un craquement sec et que la douleur l'emporte sur le désespoir.

La figure ensanglantée, Cathy se laissa tomber le long de la baignoire et pleura encore longtemps sans même essuyer les rivières rouges qui coulaient abondamment jusque dans son cou.

19.

Draken éteignit l'ordinateur avec un sourire satisfait. Quelque chose lui disait qu'il était bel et bien sur une piste. Une piste très sérieuse, car il y avait effectivement un couvent sur Swans Island. Un couvent de carmélites.

Problème : Sam Loomis lui avait formellement interdit de bouger. Mais c'était, après tout, une simple interdiction verbale... Rien de légal là-dedans. Et si Draken avait envie de voyager, c'était à présent son droit le plus légitime !

Il ne lui restait plus maintenant qu'à échapper à la vigilance du garagiste pour prendre l'avion en direction de la petite île au large du Maine et mener son enquête.

Il n'eut pas même le temps de commencer à élaborer le moindre plan en ce sens, car à peine était-il sorti du bureau où le garagiste s'occupait des tâches administratives de son établissement que Sam Loomis apparut dans l'atelier.

Quand il vit le visage grave de l'agent du FBI, Draken comprit qu'il s'était passé quelque chose. Sans même le saluer, le psychiatre l'interrogea du regard. Loomis se mordit les lèvres d'un air embarrassé.

— J'ai pas une bonne nouvelle, doc.

— Quoi ?

Loomis lui fit signe de retourner dans le petit bureau.

— Asseyez-vous.

— Vous me faites peur, là...

— Asseyez-vous, Arthur.

C'était la première fois qu'il l'appelait par son prénom, et Draken se douta que c'était fort mauvais signe. Il refusa de s'asseoir.

— Allez, balancez !

— On a retrouvé le corps de Ben Mitchell ce matin.

De fait, le psychiatre, bouche bée, les paupières écarquillées, se laissa cette fois tomber comme une masse sur le fauteuil du garagiste.

Il resta muet, pétrifié, les yeux dans le vague.

— Je suis désolé...

Les images défilèrent dans la tête de Draken, lourdes d'émotion et de culpabilité. Quand il commença à retrouver ses esprits, la première chose à laquelle il pensa fut que son ami avait dû se suicider.

— Comment ? balbutia-t-il.

Loomis grimaça. Malgré ses éternels airs d'indolence et d'indifférence, il n'aimait certainement pas plus que quiconque être le porteur de ce genre de nouvelles.

— Il a été roué de coups. Il était déjà mort quand on l'a jeté dans la flotte.

— Putain, les enfoirés ! s'écria Draken en tapant rageusement sur la table. Les putains d'enfoirés de leur mère ! Pas lui !

— Je suis désolé, répéta l'agent du FBI.

Le psychiatre se leva lentement et vint se placer devant Loomis, les yeux rouges. Le regard d'un homme qui a perdu ses limites, qui est retourné à l'état sauvage. Le regard d'un tueur.

— Je veux voir le connard qui a essayé de me buter hier chez Paul Clay, dit-il d'une voix dont le calme et la détermination faisaient peur.

Le *fed* fronça les sourcils.

— Vous n'êtes pas sérieux...

— Je veux le voir. *Tout de suite.*

— Pour faire quoi, doc ? Lui péter la gueule ?

— Je commencerai d'abord par le faire parler.

— Il ne parlera pas. C'est un pro. On a commencé à le cuisiner à l'hôpital. Sévère. C'est notre métier, vous savez. Mais rien. Il ne veut même pas ouvrir la bouche.

Draken ne sourcilla pas.

— Moi, je vais le faire parler.

Loomis pencha la tête. Lentement, il comprit ce que sous-entendait le psychiatre et une sorte de sourire inattendu se dessina sur ses lèvres. L'agent fédéral sut aussitôt qu'il allait faire une réelle incartade à la déontologie du FBI. Mais, comme souvent, il n'en avait rien à foutre.

— Il faut d'abord qu'on fasse un détour par chez Ben Mitchell, ajouta Draken. J'ai... des choses à récupérer.

— OK, doc. On y va, dit-il sans hésiter.

Wonder

20.

Sans quitter la Chevrolet Impala de service, Lola et Velazquez arpentèrent ensemble le quartier avoisinant la station de bus de St Johns Place. Dès qu'ils passaient devant une porte automatisée, ils ralentissaient et, le bras tendu par la fenêtre, le jeune agent appuyait frénétiquement sur le bouton du bip pour voir si elle ne s'ouvrait pas. Pour l'instant, ça n'avait rien donné.

Lola, tout en conduisant, essaya une nouvelle fois de joindre Draken. Mais le psychiatre avait coupé son téléphone. A priori, il était avec l'agent Loomis, mais elle aurait aimé pouvoir au moins lui parler. Lui dire qu'elle compatissait pour la peine qu'il éprouvait certainement après la mort de Ben Mitchell.

Elle soupira et rangea son téléphone au fond de sa poche. Elle regarda le décor qui défilait au dehors. C'était ici qu'Emily avait été poursuivie. C'était ici qu'elle s'était enfuie. Elle imaginait presque son fantôme qui courait sur ce trottoir, qui grimpait dans ce bus...

Ils avaient fait toute l'avenue de St Johns Place, aller et retour, sans succès.

Il était temps d'essayer maintenant les voies perpendiculaires. Ainsi, ils remontèrent Utica Avenue, Rochester Avenue, puis Buffalo Avenue. Ils commençaient à ne plus y croire quand soudain, au niveau du 234, le miracle s'accomplit : les deux battants du long portail blanc devant lequel ils venaient de s'arrêter s'ouvrirent lentement, telles les portes de la caverne d'Ali Baba.

Lola et Tony échangèrent un sourire de satisfaction.

— Bingo ! lâcha Velazquez.

— Beau travail d'équipe, jeune homme.

— C'est quoi ce truc ? Ça a l'air abandonné.

— Un ancien supermarché.

Gallagher fit entrer la voiture au pas dans la cour qui venait de s'ouvrir, à l'arrière du bâtiment. Les lieux semblaient vides, inoccupés. Tony, par sécurité, dégaina son arme.

La voiture passa lentement devant une petite guérite, puis s'arrêta le long de l'immense bâtiment en briques rouges. Lola attrapa le micro de la radio sur la console du véhicule.

— Alpha 201 à com ?

La réponse ne tarda pas à venir.

— À vous 201.

— 10-85[1] sur le 234 Buffalo Avenue, besoin de renforts pour fouiller un supermarché désaffecté qui pourrait être lié au dossier Emily Scott.

---

1. Code de police pour demander l'assistance d'une unité supplémentaire.

— 10-4, Alpha 201. On vous envoie Alpha 203. Alpha 203 en route, sur site dans cinq minutes, terminé.

Gallagher prit elle aussi son arme et ils sortirent prudemment de la voiture, inspectant minutieusement tous les endroits depuis lesquels on aurait pu leur tirer dessus. Le silence des lieux était inquiétant, et l'idée qu'ils renfermaient peut-être, enfin, des informations sur le passé d'Emily ne faisait qu'accroître la tension qu'ils pouvaient sentir l'un et l'autre. Il n'y avait peut-être rien ici, pourtant, les instincts du détective Gallagher étaient en éveil. Quelque chose clochait avec cet endroit.

C'était effectivement un ancien supermarché, qui datait probablement des années 1960 et était fermé depuis plusieurs années maintenant, attendant sagement le débarquement d'un promoteur.

Une partie de l'enseigne, d'époque, pendait de biais sur la façade. On aurait dit un bâtiment à l'abandon au centre d'un village de vieux western.

Ils firent un tour rapide de la cour puis se dirigèrent vers l'entrée principale. Une chaîne cadenassée en bloquait l'ouverture.

Velazquez pointa son revolver vers le cadenas.

Lola lui prit aussitôt le bras.

— Ça va pas, non ?

Elle jeta un coup d'œil alentour et repéra au fond de la cour un vieux bidon en métal qu'elle partit chercher.

Sous le regard perplexe du jeune agent, elle parvint, en deux ou trois coups seulement, à libérer la chaîne en se servant du bidon comme d'une masse, frappant à la verticale.

— Vous avez encore des choses à apprendre, Tony.

Le jeune Hispano sourit.

— Je suis là pour ça, détective…

Lola, l'arme en joue, poussa lentement la vieille porte rouillée.

Un hall immense avec au moins six mètres de hauteur de plafond et un sol en béton brut apparut alors devant eux dans une demi-pénombre. Il n'y avait plus rien ici que la structure de ce qui avait été jadis une grande supérette. Des gaines électriques, des tuyaux et des conduits anciens sortaient du plafond et couraient le long des murs.

— Vous sentez cette odeur ? demanda Lola en entrant prudemment.

— Ça pique.

— Nettoyant industriel. Les lieux ont été entièrement lavés, très récemment on dirait.

Lola repéra un panneau électrique sur sa droite. Elle fit basculer le disjoncteur. Des rangées de néons suspendus s'allumèrent dans une série de claquements, certains à moitié détachés du plafond, et éclairèrent progressivement tout l'espace.

Ils s'aventurèrent doucement vers le centre. Bientôt, sur leur droite, ils découvrirent un étonnant spectacle : l'un des murs était couvert de multiples fresques variées, représentant des personnages, des décors, des natures mortes… comme si un peintre s'était servi de l'espace tel un immense châssis, un atelier de fortune.

— Vous vous souvenez de la peinture sur les doigts d'Emily ? demanda Lola, le regard brillant.

Velazquez hocha la tête.

— On est sur la bonne piste, détective.

Gallagher fit un geste de la tête en direction d'une porte de l'autre côté du supermarché. L'unique porte restante. Il devait y avoir eu plusieurs autres petites pièces jadis, mais les cloisons avaient été abattues. Ils se mirent en marche, tenant toujours fermement leur arme l'un et l'autre.

Quand ils arrivèrent devant la porte, Lola fit signe à son collègue de se mettre en retrait pour la couvrir.

Le canon de son Glock 19 pointé vers le sol, elle se plaqua contre le mur à côté de la porte, puis activa la poignée en tendant le bras. Un petit coup de pied ouvrit le battant. Lola prit son inspiration et jeta un coup d'œil rapide dans la pièce.

Elle fut aussitôt saisie par une odeur pestilentielle de viande froide avariée. Une odeur de cadavre.

— Putain ! lâcha-t-elle en collant une main sur son nez.

Rassemblant son courage, elle entra à l'intérieur.

Elle découvrit alors, perplexe, les cadavres en putréfaction de quatre énormes cochons qui avaient péri dans un enclos.

Taking toll

21.

Après un rapide détour par l'appartement de Ben Mitchell – où la police menait déjà l'enquête et où l'agent fédéral avait dû user d'un léger abus de pouvoir pour récupérer ce qu'ils étaient venus chercher – Draken et Loomis étaient arrivés rapidement à l'hôpital.

— Comme si j'avais besoin de vous pour avoir des emmerdes avec ma hiérarchie, murmura l'agent fédéral alors qu'ils entraient à l'intérieur. Je ne sais pas pourquoi, je sens que vous et moi, ensemble, ça va déboucher sur une catastrophe.

Draken ne réagit pas. Il n'était pas d'humeur à plaisanter. Leur court passage dans l'appartement de Ben lui avait fait prendre conscience de la terrible réalité.

Son meilleur ami était mort.

Et sans doute à cause de lui.

En outre, les hasards administratifs avaient voulu que le tueur soit hospitalisé au Brooklyn Hospital, celui-là même où Emily avait été emmenée après son agression dans le parc de Fort Greene. La chose ne fit que décupler la rage du psychiatre, et en le guidant vers les étages, Sam Loomis avait l'impression de tenir un fauve en laisse.

— On est bien d'accord qu'on vient ici pour le faire parler, doc ? répéta le *fed* une dernière fois quand ils arrivèrent dans le couloir.

Deux autres agents fédéraux faisaient le guet devant la chambre du tueur.

— Arrêtez de me parler comme à un gosse.

Cette fois, Loomis l'attrapa par les épaules :

— Je plaisante pas, Draken. Jouez au con là-dedans et je vous jure que je vous le ferai regretter jusqu'à la fin de vos jours. J'ai pas l'air, comme ça, mais quand je suis en colère, je deviens très très con.

— Si, si, vous avez l'air.

Loomis secoua la tête et ils se dirigèrent sans plus traîner vers la chambre. L'agent parlementa tout bas avec ses deux collègues en faction, puis demanda qu'on ne les dérange sous aucun prétexte. Il fit entrer Draken et referma la porte à clef derrière eux.

L'homme, mal en point, avait été menotté sur le lit, bien que, dans son état, il eût probablement eu bien du mal à s'enfuir. La balle, l'ayant atteint à la hanche, s'était logée dans la surface articulaire de la tête fémorale. Un scanner avait incité les médecins à opter pour une opération chirurgicale lourde, qui aurait lieu le soir même. En attendant, le blessé avait été gavé d'antibiotiques et d'analgésiques qui le laissaient totalement groggy. Il ne tourna même pas la tête pour voir qui était entré.

— Restez là, demanda Draken en indiquant le seuil à Loomis.

— Tsss. Je reste à côté de vous, doc.

— Non. Vous allez le déconcentrer. Restez là.

Loomis grimaça. Il regarda l'homme allongé au milieu de la chambre, puis il fit un geste désabusé et s'adossa docilement à la porte, les bras croisés sur la poitrine.

— Je vous ai à l'œil, doc.

Le psychiatre s'approcha du lit d'hôpital. Il dévisagea longuement cet homme aux traits tirés qui respirait péniblement.

Draken se crispa. Son cou se gonfla et ses poings se serrèrent sur la petite barrière métallique qui longeait le sommier. Ce trentenaire au gabarit de garde du corps qui gisait en silence était peut-être l'homme au chapeau. Ou l'un de ses compères. L'un de ceux qui avaient tué Emily. L'un de ceux qui lui avaient tiré dessus dans le parc de Fort Greene.

L'un de ceux qui savaient la vérité.

Le psychiatre, lentement, laissa son sac à dos glisser sur son épaule, puis le long de son bras. Il enleva son manteau et se frotta les mains sans quitter le tueur des yeux. Celui-ci – bien plus conscient qu'il ne voulait le faire croire – fronça les sourcils en voyant Draken sortir soudain une petite boîte en bois de son sac.

Et de cette petite boîte, une seringue.

Un flacon de liquide verdâtre.

Le psychiatre effectua, avec une lenteur exagérée, ces gestes mille fois répétés, juste sous les yeux de l'homme blessé, comme s'il savourait l'angoisse que cette vision devait procurer.

Quand l'aiguille s'approcha du cou du patient, celui-ci se raidit et tourna la tête de côté. Mais, attaché comme il l'était, il ne pouvait pas se soustraire à ce qui l'attendait.

— Qu'est-ce que c'est que ces conneries ? grogna-t-il.

— Ah... Maintenant vous parlez ?

La pointe métallique s'enfonça doucement dans la surface de l'épiderme...

Le corps du tueur se tendit. Il s'arc-bouta quelques secondes sur son lit en poussant un râle de douleur. Puis ses yeux s'ouvrirent si grands qu'ils semblaient sur le point de quitter leur orbite.

Les pupilles se dilatèrent.

Devant la porte, l'agent Loomis s'agita, l'air inquiet.

Draken n'y porta pas attention et se pencha au-dessus du lit. Plongeant son regard dans celui de sa victime, il commença sa lente litanie.

— Détendez-vous. Détendez-vous et laissez votre conscience s'ouvrir et vous guider. Le sérum que je viens de vous injecter facilite l'induction hypnotique. Il ne change rien à qui vous êtes, il n'altère en rien votre personnalité.

Draken leva son poignet et regarda l'heure sur sa montre.

11 h 10.

— *Comme de longs échos qui de loin se confondent, dans une ténébreuse et profonde unité, vaste comme la nuit et comme la clarté, les parfums, les couleurs et les sons se répondent.* Oubliez le monde autour de vous. Ses bruits. Ses nuisances. N'écoutez que l'écho de votre âme. Le plus important, c'est vous. N'ayez crainte. Je suis là, à vos côtés. Il ne peut rien vous arriver. Vous pouvez me parler sans peur. Ici, vous n'avez plus besoin de vous cacher. Vous n'avez plus besoin de mentir. Vous êtes qui vous êtes. Êtes-vous l'homme au chapeau ?

Between good and bad

22.

Quand Phillip Detroit entendit la nouvelle selon laquelle Lola avait trouvé à quoi servait le bip d'Emily Scott, il poussa un profond soupir et se laissa tomber dans son fauteuil.

Gallagher avait repris le boulot, avec son brio légendaire, comme si de rien n'était. Sans même venir s'expliquer avec lui. Il ne pouvait s'empêcher d'éprouver un goût amer. Avait-il fait une erreur en laissant Lola et son frère passer à l'aéroport ? Lui avait-elle menti ?

Chris Gallagher, alias Coleman, était « soupçonné » par le MI-5 d'avoir appartenu, au milieu des années 1980, à l'IRA Provisoire. Visiblement, à en croire sa petite escapade irlandaise, il était lié, de près ou de loin, à l'attentat du 8 novembre 1987. Mais ici ? Aux USA ? Avait-il quelque chose à se reprocher ? En d'autres termes, Detroit avait-il, à cause de ses sentiments pour Lola, laissé entrer un criminel sur le territoire américain ? Pire : un terroriste ?

Le mystérieux e-mail expédié depuis le Anna M. Kross Center, établissement pénitentiaire de Rikers Island, lui revint alors en mémoire. À l'époque, il s'était révélé une voie sans issue. Mais fort de ce qu'il savait aujourd'hui, Detroit pourrait peut-être en découvrir un peu plus.

S'assurant que personne ne venait vers son bureau, le détective spécialiste rouvrit la copie qu'il avait faite du courrier électronique.

De : edward-johnson@amkc-facilities.com
A : lola_gallagher88@yahoo.com
Date : lundi 16 janvier 2012 – 09.45
Objet : >re :

Madame,

Je suis au regret de vous informer que nous ne sommes pas en mesure de vous donner de renseigne-

ment sur ce détenu et vous invitons à prendre contact avec le juge en charge de son dossier.

Cordialement

E. Johnson
Anna M. Kross Center (AMKC)
18-18 Hazen Street
East Elmhurst, NY 11370

Ce qui avait intrigué Detroit à l'époque était que le mail n'était pas adressé à Lola en tant que détective, mais à son adresse personnelle, ce qui, à présent, pouvait laisser supposer qu'il ne concernait pas une enquête officielle de sa collègue, mais plus probablement son frère. Mais de quel détenu était-il alors question ? Cela ne pouvait pas être Chris Coleman lui-même, puisqu'il était en liberté ! L'un de ses complices, sans doute. Mais pourquoi, dans ce cas, Lola cherchait-elle des informations à son sujet ?

À moins que... À moins que Chris Gallagher ait été effectivement emprisonné, et qu'il se soit échappé, prenant ensuite le nom de Chris Coleman !

Peu probable : le nom de Chris Gallagher serait alors rapidement apparu dans les premières recherches que Detroit avait menées à l'époque. Sauf si... Sauf si son dossier avait été réglementé par le State Secrets Privilege[1] ! Il y avait un quartier de haute sécurité au Anna M. Kross Center dans lequel étaient détenus certains prisonniers (essentiellement des terroristes) dont le dossier pouvait en effet être classifié secret, tant qu'il était lié à une instruction en cours.

1. Équivalent du Secret Défense.

C'était un peu tiré par les cheveux, mais crédible. Et cela pouvait aussi expliquer la réponse obtenue par Lola.

Le principal problème résidait dans le fait que Detroit, pour s'en assurer, ne pouvait récupérer le mail original de sa collègue, auquel celui-ci faisait réponse. L'intitulé « re : » prouvait bien que cet employé du centre pénitentiaire répondait directement à un message de Lola, mais celui-ci avait été soigneusement effacé de la boîte d'expédition.

Pour en avoir le cœur net, il n'y avait qu'une seule solution : y aller au culot.

Detroit décrocha son téléphone et composa le numéro de la prison. Il se présenta et demanda à parler avec Edward Johnson. On le fit patienter, puis, enfin, une voix masculine répondit :

— Comment puis-je vous aider, détective ?

— Bonjour monsieur. J'enquête sur une affaire liée avec les attentats irlandais du 8 novembre 1987, et j'ai besoin d'une petite information.

— À quel sujet ? répondit l'homme d'une voix peu avenante.

C'était le moment d'être convaincant, de jouer sur la fibre confraternelle.

— Écoutez, c'est un peu particulier... Je suis sur un dossier épineux, je suppose que vous savez ce que c'est, la tension, tout ça...

— Je vous écoute, le pressa son interlocuteur.

Detroit réalisa qu'il n'avait pas assez préparé son discours. Il était si pressé de savoir qu'il s'était laissé emporter par son enthousiasme.

— Je sais que nous sortons un peu du cadre de la confidentialité, mais j'ai simplement besoin de savoir si un détenu qui semble être dans votre établissement s'y trouve toujours...

— Il n'y a rien de confidentiel à ça, détective.

— Eh bien, si, car il me semble que son dossier est protégé par le *State Secrets Privilege*.

— Ah... Je vois.

— Mais je ne suis pas sûr.

Soupir à l'autre bout du fil.

— Donnez-moi le nom du détenu, on va bien voir.

— Alors... Là aussi, c'est un peu compliqué. Il a plusieurs noms, et il se peut qu'il ait utilisé un pseudonyme...

Moment de silence.

— Écoutez, détective, vous savez bien sous quel nom il a été incarcéré, tout de même ?

— Eh bien non, puisque son dossier semble être classé secret.

— Alors je ne pourrai rien vous dire ! Ça ne tient pas debout, votre histoire !

— Chris Gallagher, insista Detroit. Est-ce que Chris Gallagher est détenu chez vous ?

À nouveau, il y eut un moment de silence. Plus long cette fois. Detroit se dit qu'il était tombé juste.

— De quel district m'avez-vous dit que vous m'appeliez, déjà ? demanda l'employé de la prison d'une voix suspicieuse.

Le détective grimaça. Il avait mis les pieds dans le plat : le type avait sûrement reconnu le nom de Lola. Ce coup de fil était une catastrophe totale. Il avait joué le coup comme un débutant.

— Du 88e, avoua-t-il timidement.

— Attendez... Je ne comprends pas bien... J'ai déjà eu votre collègue, n'est-ce pas ? Lola Gallagher ?

— Euh... oui, balbutia Detroit. C'est-à-dire que... C'est un peu compliqué, comme elle a des liens...

Il s'emmêlait totalement les pinceaux. Il se demanda même s'il ne venait pas de faire la plus grosse erreur de sa vie. Lier Lola à un terroriste... Cela dit, si elle avait écrit elle-même à ce type, après tout, c'était elle qui avait pris le risque, pas lui ! C'était d'ailleurs un peu étrange...

— Bon, écoutez... détective Detroit, c'est ça ?

— Oui...

— Vous pouvez dire à votre collègue, comme je le lui ai déjà dit par mail, puis ensuite par téléphone quand elle a essayé d'utiliser son grade de détective, comme vous, que je n'ai pas le droit de lui donner des informations sur son ex-mari, et que c'est totalement ridicule d'essayer de me soutirer des infos en inventant maintenant cette histoire abracadabrante !

— Son... Son ex-mari ?

Detroit écarquilla les yeux. Soudain, tout s'expliquait. Tout prenait sens. Et il se sentit complètement stupide. Cette histoire n'avait donc rien à voir avec Chris Coleman, et il venait de passer pour un imbécile !

— Oui. M. Fischer a été libéré, il ne dépend plus de notre établissement, et étant divorcé de Mme Gallagher, il n'est pas tenu de lui donner des informations sur ce qui constitue désormais sa vie privée. Il a été en outre un détenu exemplaire, il faudrait que vous fassiez comprendre à votre collègue que son métier de détective ne lui donne aucun privilège. Et si elle ou vous me dérangez encore une seule fois, j'en informe le juge.

Il raccrocha aussi sec.

Detroit resta un long moment perplexe, avec le combiné encore collé à l'oreille.

Anthony Fischer !

Il tombait des nues. L'ex-mari de Lola était en prison ! Pendant tout ce temps, il avait été en prison ! Gallagher lui avait menti ! Elle avait toujours prétendu que son ex était parti sans laisser d'adresse. Pourquoi ? Pourquoi lui avoir menti, à lui ? Avait-elle honte ? Cela ne semblait pas crédible !

Detroit se sentait à la fois trahi et triste pour Lola. À vrai dire, il ne savait plus que penser. D'abord, qu'est-ce que cet enfoiré de Fischer pouvait bien avoir fait pour se retrouver en taule ?

Et surtout, Lola était-elle au courant que son ex-mari venait d'être libéré ?

Reality

23.

Les renforts étaient arrivés rapidement, suivis de près par une équipe du CSU qui relevait déjà les indices jusque dans les moindres recoins de l'ancien supermarché. Très vite, ils pourraient notamment confirmer ou non que la peinture présente sur les murs était bien la même que celle trouvée sur les doigts d'Emily.

En revanche, il semblait évident que le nettoyant industriel avait été utilisé pour effacer des preuves, des traces. À part les peintures et les cochons morts, il n'y avait plus rien ici. Pas d'empreintes, pas de documents, pas d'objets abandonnés... L'enquête risquait de se révéler difficile.

Lola, assise sur le rebord d'une fenêtre, à l'intérieur de l'immense bâtiment, essayait de réfléchir.

Les questions fusaient dans sa tête. Qu'est-ce qu'Emily avait bien pu faire ici ? Était-ce bien en ce lieu qu'elle était revenue chercher sa bague ? Que représentaient ces peintures sur les murs ? La plupart figuraient des paysages champêtres. Il y en avait tellement qu'il faudrait beaucoup de temps pour les analyser ! En était-elle l'auteur ?

Draken, sans doute, serait le mieux à même de les étudier. De les comprendre. Et à présent qu'il avait été innocenté, le capitaine Powell le laisserait peut-être venir pour qu'il les étudie... Ou bien il faudrait passer par l'agent Loomis, qui semblait davantage intéressé par l'avis du psychiatre.

Elle sortit son téléphone de sa poche.

Toujours aucune nouvelle d'Arthur. Plus le temps passait, plus elle culpabilisait de ne pas être à ses côtés. Depuis la mort d'Emily, c'était comme s'ils s'éloignaient de plus en plus l'un de l'autre. Draken n'était même pas au courant de ce qu'elle avait vécu en Irlande !

Elle serra la mâchoire. L'idée de ne plus rien partager avec Draken la terrifiait.

Elle devait bien reconnaître, au fond d'elle, qu'elle aurait eu, elle aussi, besoin de lui parler. Personne ne la comprenait aussi bien que lui.

Personne ne la remettait aussi bien à sa place. Au fond, derrière son apparente sévérité, derrière son ironie, sa fausse indifférence, Draken était, de loin, l'homme qui lui témoignait le plus de tendresse. Mais l'esprit du psychiatre, à présent, semblait totalement occupé par Emily. Par son besoin de vengeance. Les choses étaient devenues si compliquées !

Gallagher se leva et fit signe à Tony Velazquez.

— On rentre. Plus rien à faire ici. Laissons-les finir leur boulot tranquillement. On va essayer de savoir à qui appartient ce hangar, et qui l'a occupé dernièrement.

Le jeune flic acquiesça et ils retournèrent dans la Chevrolet, direction le 88e district.

Quand ils entrèrent dans le hall du grand commissariat rouge, Lola s'immobilisa soudain, l'air tétanisé.

— Ça va ? demanda Velazquez.

Gallagher avait les yeux fixés vers le comptoir d'accueil. Le jeune flic suivit son regard et vit l'homme qui attendait, les bras croisés, de l'autre côté de la pièce.

— Oui, oui, bredouilla Lola en se ressaisissant. Ça va. Montez, Tony, je vous rejoins.

— Vous êtes sûre ?

Elle lui adressa un sourire.

— Oui, c'est bon. Montez !

Velazquez hocha la tête, dubitatif, puis il s'exécuta.

Lola traversa le hall et vint se poster devant Anthony Fischer, qui la regardait, la bouche en cœur.

— Qu'est-ce que tu fous là ?

— Tu m'embrasses pas ? demanda-t-il d'un air déçu.

— Adam n'est pas là pour te voir, Anthony. Ce n'est pas la peine de faire ton petit numéro. Qu'est-ce que tu veux ?

— Je suis venu t'apporter ça...

Il lui tendit une grande enveloppe kraft.

Elle vit l'en-tête d'un cabinet d'avocats.

— C'est quoi ces conneries ?

— C'est la copie de la demande de garde partagée que j'ai adressée au juge. Mon avocat a monté le dossier, il pense que j'ai de bonnes chances de l'avoir une semaine sur deux. Ce serait chouette, non ?

Lola sentit comme un coup de poignard dans son ventre. Elle secoua la tête, ébranlée, incapable de croire à ce qu'elle venait d'entendre.

— Tu... Tu ne peux pas faire ça, Anthony.

Son ex-mari conserva son air innocent. On avait l'impression qu'il ne comprenait pas la réaction de son ex-femme.

— Si, si, regarde les papiers, tout est en ordre.

— Ce n'est pas...

Lola ouvrit rageusement l'enveloppe et jeta un coup d'œil au courrier que l'avocat avait en effet adressé au tribunal. L'aspect officiel de la lettre avait quelque chose d'horrible, pour elle. C'était comme si quelqu'un venait de la pousser dans le vide.

— Tu vois ? Le juge devrait t'appeler bientôt, je pense. Allons ! Fais pas cette tête ! C'est plutôt une bonne nouvelle, non ? Ça va te laisser du temps pour travailler, tout ça...

Gallagher releva les yeux vers lui et le foudroya du regard.

— Tu ne peux pas faire ça, Anthony.

— Mais puisque je te dis...

— Anthony, le coupa-t-elle en s'approchant à quelques centimètres à peine de son visage. Tu ne m'as pas bien comprise : tu ne *peux* pas faire ça. Si tu fais ça, je te brise, tu m'entends ? Je te brise.

L'homme attendit un instant, hagard, comme s'il voulait être sûr qu'elle avait bien fini, et puis, d'un air paternaliste, il lui lança :

— Nous devons réapprendre à nous parler calmement. Je suis sûr que tu finiras par entendre raison. J'ai beaucoup changé, en prison, grâce à toi. Tout le monde le dit, tu verras les témoignages dans le dossier. Je suis un homme nouveau.

— Dégage.

Il fit une moue désolée.

— Bon... Dommage que tu le prennes comme ça. Tu embrasseras Adam de ma part, hein ?

— Dégage ! hurla-t-elle.

Les voix se turent aussitôt dans le hall du commissariat. Les visages se tournèrent vers elle, et il y eut un silence gêné.

Anthony hocha lentement la tête et fit volte-face. Il sortit du 88e district sous le regard rouge de son ex-femme.

The world

24.

— Êtes-vous l'homme au chapeau ?

Les pupilles de l'homme se mirent à trembler nerveusement. Les globes oculaires bougeaient de haut en bas, comme ils le font lors des phases de sommeil paradoxal, à la différence près que ses paupières étaient grandes ouvertes.

— Non.

— Qui êtes-vous ?

— Je suis... Je suis un sourd-muet.

L'homme parlait tout doucement, avec peine. Draken attrapa son carnet et un stylo dans son sac.

— Pour qui travaillez-vous ?

— Je... Je ne sais pas.

Draken grimaça. Il jeta un coup d'œil à sa montre.

11h12.

Il s'y prenait mal. Il devait jouer le jeu. Faire exactement comme avec ses patients.

— Vous êtes un sourd-muet, mais vous n'êtes pas aveugle. Personne ne peut vous empêcher de regarder. Je voudrais que vous regardiez là où il est interdit de regarder. Que voyez-vous ?

L'homme hésita.

— Un... Un long couloir. Un long couloir aux murs si hauts qu'on n'en voit pas la fin.

Le tueur, sous le triple effet des médicaments, du sérum et de l'hypnose, parlait avec une lenteur exaspérante.

— Entrez dedans. Qu'y a-t-il dans ce couloir ?

— Rien. Il s'allonge. Il s'allonge droit devant moi. Il y a… Il y a des chandeliers en forme de bras qui tiennent des bougies et qui suivent mon passage. Les murs, les hauts murs sont capitonnés. Oui. Comme les murs d'une cellule dans un asile de fous.

— Vous pensez que c'est pour vous ?

— Non. Ce n'est pas pour moi. Je ne fais que passer. Je suis… Je suis un sourd-muet.

— Allez au bout du couloir. Qu'est-ce qu'il y a au bout du couloir ?

— Une femme. Il y a une femme.

— Comment est-elle, cette femme ?

— C'est une vieille femme. Elle est laide. Très laide. Elle est en deuil. Elle est habillée de noir, de la tête au pied. Elle porte même un voile noir sur le visage. Et… Elle tient quelque chose dans ses mains.

Draken regarda sa montre.

11 h 16. Les sept minutes étaient presque passées.

— Qu'est-ce que c'est ?

— Une corbeille. Une corbeille en osier noir.

— Et qu'y a-t-il dans la corbeille ?

— Je ne sais pas.

La mâchoire de Draken se crispa. À cet instant, il aurait voulu le gifler, le secouer, mais il ne pouvait pas faire ça. Évidemment.

— Regardez dans la corbeille ! Qu'y a-t-il à l'intérieur ?

— Des papiers. De petits bouts de papier pliés en quatre.

L'homme se mit à tousser.

Draken fit rapidement un petit croquis sur son carnet.

— Ouvrez-les, ces bouts de papier !

— Je n'ai pas le droit.

— Vous avez tous les droits, ici ! Vous êtes chez vous ! Vous êtes le maître de vos pensées ! Ouvrez les petits bouts de papier !

— Non. Je ne peux en prendre qu'un seul.

— Alors prenez-le, bon sang ! s'emporta Draken.

Il regarda de nouveau sa montre.

11 h 18.

Ils avaient dépassé la limite.

À présent, ils étaient entrés dans une zone que Draken ne connaissait que trop bien. Le tueur devant lui commençait d'ailleurs à avoir des tremblements caractéristiques au niveau des mains.

— C'est un papier de couleur.

— De quelle couleur ?

— Il a six couleurs.

— Quelles couleurs ? insista Draken.

— Eh bien... Blanc, rouge, bleu, orange, vert et violet.

Le psychiatre nota précautionneusement la suite de couleurs sur son carnet.

— Qu'y a-t-il sur ce papier ? demanda-t-il d'une voix grave et aussi calme que possible.

— Il y a quelque chose d'écrit.

— Lisez ce qui est écrit.

— Il est... Il est écrit : *Magnolia*.

Draken fronça les sourcils. Un autre symbole de renaissance.

— *Magnolia* ? dit-il. Pourquoi ? Pourquoi est-il écrit Magnolia sur ce papier ?

— Je ne chais... Je ne sais pas.

— Demandez-le à la femme en deuil ! Demandez-lui ce que veut dire *Magnolia*.

— Qu'est-ce que veut dire, *Magnolia* ? répéta l'homme, qui tremblait de plus en plus.

Il plongea ensuite dans le silence. Des gouttes de sueur coulaient sur son front.

— Elle ne vous répond pas ? le relança Draken.

— Non.

11 h 20.

Draken grimaça. Il sortit la deuxième seringue, celle qui contenait le produit permettant de réveiller le patient.

— La porte... balbutia soudain le tueur d'un air émerveillé. La porte derrière la femme en noir, elle vient de s'ouvrir !

Draken jeta un coup d'œil vers Loomis. Puis il s'approcha de son « patient ».

— Très bien. Qu'y a-t-il derrière la porte ?

— De la *mulière*. Beaucoup de *mulière*.

L'homme commençait à inverser les lettres. Paraphasie phonémique. L'un des premiers signes, l'une des premières alertes que le psychiatre devait guetter. Il décida néanmoins de continuer.

— Entrez à l'intérieur. Passez la porte. Que voyez-vous ?

— Je ne vois rien, je suis *émloui* par la *mulière*.

— Attendez. Vos yeux vont s'habituer.

Draken se retourna d'un coup vers Loomis et lui fit signe nerveusement d'aller tirer les rideaux. L'agent comprit et traversa la chambre. Il bloqua la lumière qui passait par la fenêtre.

— Vous voyez ? La lumière a baissé maintenant. Alors regardez ce qu'il y a derrière la porte, reprit Draken d'une voix douce.

— Il y a...

La voix de l'homme semblait de plus en plus faible, de plus en plus confuse.

— Il y a un grand vacalier...

— Un cavalier ?

— Oui.

— Comment est-il, ce *cavalier* ?

— *Minnense.*

— Immense ?

— Oui.

— Mais que fait-il ?

— *A saintin ona minieu dana mulière. Acé a vacalier... a vacalier... bé pégé...*

Sa voix s'éteignit lentement, pour disparaître enfin complètement, comme s'il avait perdu connaissance.

— Qu'est-ce qui lui arrive ? demanda Loomis en s'approchant de Draken, l'air inquiet.

Le psychiatre ne répondit pas. Avec un calme déroutant, il enfonça l'aiguille de sa seconde seringue dans le cou du tueur.

L'injection sembla lui faire un choc terrible. L'homme se redressa brutalement sur son matelas puis, retenu soudain par ses menottes, retomba en arrière, les yeux écarquillés.

L'agent du FBI fit le tour du lit et vint se placer à côté du tueur. Il l'attrapa par l'épaule et le secoua légèrement.

— Monsieur ? Monsieur ? Ça va ?

L'homme ne répondit pas. L'air hagard, il avait les yeux fixés au plafond et la langue qui sortait étrangement de la bouche, serrée entre les dents.

— Il... Il est encore en hypnose ? demanda Loomis en regardant le psychiatre d'un air paniqué.

— Non.

— Qu'est-ce qui lui arrive, bon sang ? On dirait qu'il est devenu complètement débile.

Draken haussa les épaules.

— J'ai peut-être un peu forcé la dose.

— Forcé sur la dose ? Vous plaisantez ? C'est… C'est provisoire, j'espère ? Il va reprendre ses esprits ?

Draken fit une mimique désolée.

— Non.

— Vous… Vous êtes sérieux ?

Draken rangea son matériel dans son sac puis leva les yeux vers l'agent du FBI.

— Woops.

Il remit son sac sur ses épaules.

Sam Loomis perdit totalement son flegme habituel. Ses yeux faisaient des allers et retours entre Draken et le légume qui était à présent allongé sur le lit.

— Draken ! Putain, Draken ! Qu'est-ce que je vais dire aux médecins ?

— J'en sais rien, moi… Vous n'aurez qu'à leur dire qu'il a pété les plombs. Ça arrive, quand on se prend une balle dans la hanche. Tueur à gages, c'est un métier dangereux.

— Mais… Mais… Et s'ils font des tests ? S'ils font des analyses ? Ils vont voir qu'on l'a piqué avec votre putain de sérum !

— Alors là… C'est sûr, s'ils font ça… vous êtes dans la merde.

Loomis écarquilla les yeux, incrédules.

— Comment ça *je* suis dans la merde ?

— Complicité, tout ça… Vos collègues vous ont vu me laisser entrer. À votre place, je ferais en sorte que les médecins ne viennent pas foutre leur nez dans tout ça.

Le psychiatre se dirigea vers la porte de la chambre, sous le regard perplexe de l'agent du FBI, puis il sortit dans le couloir sans rien ajouter.

The line

25.

Lola, la mine grave, traversa l'étage sans saluer quiconque et entra directement dans le bureau de Detroit.

Phillip la dévisagea, perplexe. Il comprit aussitôt à sa tête que quelque chose ne tournait pas rond. Lola était livide. Il se leva et la prit par les épaules.

— Ça va ?

— Je peux rester ici un moment ? demanda-t-elle, le souffle court. J'ai besoin… J'ai besoin de m'isoler un instant.

Detroit ferma la porte à clef derrière elle.

— Qu'est-ce qui se passe, princesse ?

Lola se laissa tomber sur le fauteuil et se prit la tête dans les mains, silencieuse.

Il ne fallut pas longtemps à Detroit pour arriver à la plus évidente conclusion.

— C'est ton ex-mari ? demanda-t-il en s'agenouillant près d'elle.

Gallagher releva la tête.

— T'es au courant ?

Il haussa les épaules.

— Tu me connais... Je me suis laissé dire qu'il était « sorti ».

— T'es vraiment rien qu'un fouille-merde !

— Oui, mais un fouille-merde doué, quand même, plaisanta-t-il. Et toi t'es vraiment tarte. C'est quoi toutes ces cachotteries ? Ton frère, ton ex... Tu ne me fais pas confiance ?

— Euh... Absolument pas ! Et pour cause.

Detroit sourit.

— Bon, OK, c'est légitime. Qu'est-ce qu'il se passe, alors ? Il te fait des misères ?

Lola secoua la tête d'un air écœuré.

— Il était en bas, là, tout de suite ! Juste en bas ! Ici ! Au commissariat ! Cet enfoiré... Cet enfoiré...

Detroit lui passa la main dans les cheveux.

— Calme-toi, princesse, tu vas rameuter tout l'étage.

Elle baissa le ton de sa voix.

— Cet enfoiré veut prendre Adam.

Phillip fronça les sourcils.

— Comment ça, prendre Adam ? Il peut pas...

— Il a fait une demande de garde partagée au juge.

— Un ancien taulard ? Ça m'étonnerait qu'il ait gain de cause. Tu peux dormir tranquille.

Lola fit une grimace dubitative.

— Apparemment il s'est tenu à carreau en prison. Il a toute la panoplie du détenu modèle en réinsertion. Il doit aller à la messe, aux Alcooliques anonymes, aux kermesses caritatives, tout le toutim...

Elle lui montra l'enveloppe kraft.

— Son avocat a fait un dossier, avec des lettres de recommandation du Anna M. Kross Center et de tout un tas de connards à qui il a dû lécher les pompes. Il va dire qu'avec mon métier, je ne suis pas à même de m'occuper correctement de mon fils. Et le pire, c'est qu'il a raison. Je suis nulle. Je rentre tard, je m'absente... Je n'ai pas les moyens de me payer un appartement digne de ce nom...

— Eh, oh ! la coupa Detroit. Ça suffit l'apitoiement, là. Tu es une excellente mère et tu le sais. Des lettres de recommandation, nous aussi on va t'en faire. Powell est au courant de cette histoire ?

Lola hésita à répondre.

— Oui, avoua-t-elle finalement d'un air embarrassé. C'est le seul à qui j'ai dû dire qu'Anthony allait être incarcéré, à l'époque.

— T'es vraiment une salope ! Tu le dis à Powell, et pas à moi !

— M'emmerde pas, Phillip, c'est pas le moment...

— Allez. T'inquiète pas : Powell va te faire un courrier, et je suis sûr qu'il peut aller sonner à une ou deux portes. On va pas se laisser faire, princesse. Et s'il t'emmerde vraiment, j'irai m'occuper de son cas.

Il jeta un coup d'œil à travers les vitres de son bureau. Il y avait trop de monde autour pour pouvoir la prendre tranquillement dans ses bras, comme il aurait voulu le faire à cet instant. Il se contenta d'attraper sa main discrètement et de la serrer fort au creux des siennes.

— Je vais poser une question idiote, peut-être, mais... ce serait si grave que ça qu'il récupère Adam de temps en temps ? C'est son père après tout...

— Évidemment que ce serait grave ! Il s'en fout d'Adam ! Il serait même pas foutu de s'en occuper. Non, tout ce qu'il veut, c'est me faire chier !

— Pourquoi ?

Lola poussa un soupir.
— Pourquoi il veut te faire chier ? insista Detroit.
L'Irlandaise ferma les yeux d'un air piteux.
— C'est moi qui l'ai fait mettre en taule, Phillip.

26.

L'agent Loomis rattrapa Draken en bas de l'hôpital. Il le saisit par le bras et l'arrêta sur le trottoir.
— Hé ! Où vous croyez aller, comme ça ? dit-il d'une voix colérique mais contenue.
Draken se dégagea d'un geste brusque.
— Je vous l'ai dit : j'ai un voyage à faire.
— Et moi je vous ai dit que vous deviez rester chez Dave le temps qu'on y voie plus clair. Vous le faites exprès ou quoi ? Vous croyez pas avoir assez d'emmerdes comme ça ?
— J'aime beaucoup votre garagiste, agent Loomis, mais j'ai un peu autre chose à faire. De quel droit m'empêcheriez-vous de circuler sur le territoire américain, puisque je ne suis plus suspecté du meurtre d'Emily ?
— Article n° 1 du code Loomis : si vous bougez je vous pète les dents. Ça vous va ?
Draken fit une mimique agacée.
— Vous êtes pitoyable, Loomis.
— Et vous, vous commencez à me les briser menu. Si vous poussez le bouchon trop loin, je balance à ma hiérarchie les détails de ce qu'il vient de se passer dans cette chambre d'hôpital. De toute façon, je ne sais même pas comment je vais me

sortir de ce merdier. Vous êtes un véritable malade mental ! C'est vous qui avez besoin d'un psy !

Draken attrapa le *fed* par le col à son tour et haussa le ton.

— Vous m'emmerdez, Loomis ! J'ai quelque chose à aller vérifier, un point c'est tout ! En moins d'un mois, on a tué ma compagne et mon meilleur ami. Vous comprenez, ça ? Les flics et vous, vous n'y comprenez que dalle ! Vous n'avez pas le début de l'ombre d'une putain de piste ! Moi, tout ce que je veux, c'est trouver ces enfoirés. Et s'il faut pour ça que j'aille au bout du monde, j'irai, avec ou sans votre permission.

Les traits de l'agent du FBI s'adoucirent lentement.

— OK. Mais on ira ensemble, doc. Et avant cela, puisque vous êtes meilleur que tout le monde, vous allez me dire ce que vous avez compris là-haut, pendant votre satanée séance d'hypnose. Parce que je veux bien essayer de couvrir vos conneries, mais il faut au moins que ça me rapporte quelque chose !

Draken poussa un soupir.

— Dans ma bagnole ! ordonna aussitôt Loomis en désignant le Dodge Challenger de l'autre côté de la rue.

— Ô, joie ! ironisa le psychiatre.

L'agent le poussa dans le dos. Ils traversèrent rapidement Dekalb Avenue et montèrent dans le long coupé violet.

— Alors ? Qu'est-ce que c'était que ce charabia, là-haut ? demanda Loomis en démarrant la voiture.

— Sous hypnose, c'est l'un des effets du sérum. Activation corticale de la vision et de l'imagination par suggestion. Le patient plonge dans son subconscient et l'interprète sous forme imagée.

La voiture fila vers le nord-est. Il n'était pas encore 17 heures et la nuit allait bientôt tomber sur Brooklyn. Les immeubles commençaient déjà à s'illuminer dans cette pénombre hivernale.

— Tout ce qu'il a dit avait un sens ?

— Oui. Il a donné forme à ses pensées les plus profondes. Avec le sérum, les zones cérébrales liées à la vision et aux sensations se comportent comme si le patient vivait *réellement* les choses qui sont dans son esprit, plutôt que seulement les imaginer.

— Je vois. Et alors, ça voulait dire quoi, son histoire ?

— Décrypter les verbalisations sous hypnose n'est pas une science exacte, agent Loomis.

— Jusqu'à présent, vous avez l'air plutôt doué en la matière. Je croyais que vous étiez le seul à pouvoir comprendre. Allez, ne vous faites pas prier, doc, dites-moi ce que vous avez compris.

— Je ne sais pas. Beaucoup de choses. D'abord, il a dit qu'il était sourd-muet. Je pense que cela veut dire qu'il ne sait pas grand-chose au sujet des gens qui l'emploient, et qu'il n'a pas trop droit à la parole. On ne lui dit rien, et il la ferme. C'est un sous-fifre, en somme. Complexe d'infériorité traduit aussi par la grandeur du décor et du mystérieux cavalier à la fin de sa vision. Lui, il se voit tout petit. Insignifiant.

— Et les murs capitonnés, ça veut dire quoi ? Qu'il a peur de devenir fou ? Ou qu'il est entouré par des fous ?

— Non. Je pense que cela veut dire qu'il ne doit pas faire de bruit. Il y a une notion de secret, de silence, et donc de complot dans cette image. Ce qui est à l'intérieur doit rester à l'intérieur. Le monde profane ne doit pas savoir ce qu'il se passe dans ce « couloir » capitonné.

— Et justement, il représente quoi, ce couloir ?

— En général, c'est un chemin obligé. C'est la route inévitable, celle par laquelle nous devons nécessairement passer avant de pouvoir être libéré. Mais c'est peut-être aussi l'attente. L'attente avant d'arriver à la lumière.

— À la lumière ou à la femme au bout du couloir, celle qui tient la corbeille ?

— Non. Elle, ce n'est qu'une étape. Elle se tient *avant* la porte. Elle est en deuil. On ne sait pas si c'est une veuve, ou une mère qui vient de perdre un enfant. Les deux, peut-être. Elle me fait un peu penser à la reine, dans les visions d'Emily. Une figure maternelle et triste. Dans l'Antiquité, la veuve était le symbole du malheur par excellence. Ensuite, elle a pris un sens plus positif : elle est devenue celle qui donne le savoir, l'initiation. Les francs-maçons et les Compagnons du devoir se désignent souvent entre eux comme « les enfants de la Veuve ». Ici, on dirait qu'elle lui donne un mot de passe. Comme dans un rite initiatique. C'est donc sans doute, en effet, le symbole du secret livré à quelques rares privilégiés.

— Et c'est quoi ce mot de passe ?

— Celui qui ouvre la porte. Celui qui donne accès à la lumière, à la connaissance.

— Mais pourquoi *Magnolia* ? Et pourquoi ces six couleurs ?

Draken haussa les épaules.

— Je n'en ai aucune idée, avoua-t-il. Il s'agit peut-être purement et simplement d'un véritable mot de passe que le tueur utilisait pour contacter ses employeurs. Le magnolia, cela peut vouloir dire beaucoup de choses. C'est un symbole de pureté, mais aussi de renaissance... C'est beaucoup trop vague pour l'instant. Quant aux six couleurs...

Draken attrapa le carnet dans sa poche intérieure.

— Blanc, rouge, bleu, orange, vert et violet... Ça pourrait être les couleurs de l'arc-en-ciel... Cela fait aussi penser aux archanges de lumière, mais je ne pense pas qu'il faille aller chercher si loin. Je pense qu'il s'agit réellement d'un code. Vous n'aurez qu'à donner ça à vos spécialistes de cryptologie.

— Ouais... Et le cavalier ?

— Le cavalier... C'est bien toute la question, agent Loomis. Et c'est ce qui me trouble : cette figure était déjà très présente dans les visions d'Emily. Par moments, je crois qu'il y représentait l'homme au chapeau, mais pas toujours. Il était aussi celui qui trahissait les « Rhinocéros » avec les « Zèbres ».

— Vous croyez que les visions d'Emily avaient vraiment un rapport avec la RLT ?

— J'en suis convaincu. Ce serait une coïncidence trop étonnante, si ce n'était pas le cas. Ce qui est sûr, c'est qu'Emily et cet homme ont le même symbole récurrent dans leurs visions respectives. Ce cavalier, c'est ce qui les relie. J'ai l'impression que c'est l'axe central de toute notre histoire. La vérité qui se cache derrière la porte. Et Emily devait le connaître. Il n'y a pas d'autre solution. Pour elle, il était le grand méchant. Pour lui, il semble être le mystère caché au bout du chemin.

— En somme, on cherche un cavalier ?

Draken hocha lentement la tête.

— Oui. On cherche un cavalier.

Sweet child

27.

Lola avait fait en sorte de pouvoir aller chercher Adam elle-même à la sortie de l'école.

En fin d'après-midi, elle était allée voir Powell et, comme le lui avait conseillé Detroit, elle avait tout déballé. À vrai dire, elle avait même dû lutter pour ne pas verser des larmes qu'elle aurait sans doute regrettées par la suite.

Le capitaine – qui était le seul déjà au courant de la situation – s'était évidemment montré compréhensif et avait promis, en outre, de rédiger un courrier pour le juge et de solliciter le soutien de sa hiérarchie. Après tout, c'était l'occasion pour le NYPD de montrer qu'on pouvait parfaitement être flic et mère à la fois. En réalité, Powell avait surtout envie de s'assurer de la sérénité de l'un de ses meilleurs éléments... Il aimait beaucoup Lola, mais il avait surtout besoin d'elle dans son commissariat. Et il avait besoin qu'elle ait l'esprit tranquille.

Ainsi, emmitouflée dans son manteau d'hiver, elle attendait à présent sur le trottoir devant la petite école et, quand la chevelure rousse d'Adam apparut sous le porche, elle sentit son cœur battre à tout rompre. Elle vit toutefois rapidement dans le regard de son fils que ce n'était pas comme d'habitude.

Même s'il était venu l'embrasser hier soir, même s'il s'était blotti contre elle avant d'aller dormir, il gardait visiblement au fond de lui une amertume dont Lola devait bien reconnaître qu'elle avait quelque légitimité. Adam était à la fois étranger au conflit de ses parents et victime la plus directe de celui-ci.

— Ça s'est bien passé ? demanda-t-elle en le prenant dans les bras.

L'étreinte du petit se fit moins enthousiaste qu'à l'accoutumée.

— Oui, oui. Normal. T'es à pied ?

— Oui. Je me suis dit que ça nous ferait du bien de se faire une petite balade.

Adam se renfrogna.

— J'ai pas envie de marcher… Il fait froid en plus !

— Justement ! Ça réchauffe de marcher, allez, viens !

Elle le prit par la main et l'obligea à se mettre en route en essayant d'avoir l'air désinvolte.

— J'aime pas ce que tu fais, maman.

Lola essaya de ne pas se crisper.

— Ce que je fais ? Qu'est-ce que je fais ?

— Tu fais ta toute gentille, toute souriante, tu fais comme si de rien n'était, alors que tu sais très bien que ça va pas.

— Eh bien, précisément, c'est pour ça que j'essaie de nous changer les idées.

— Mais j'ai pas envie qu'on me change les idées, maman. J'ai juste envie de voir mon père !

Lola faillit s'énerver et sortir quelque chose comme : « Oui, mais lui, il s'en fout de toi ! »... mais elle s'en garda bien et, après s'être étirée, comme dans un exercice de relaxation, elle décida de parler à son fils comme à un adulte, sans tricher. Du moins, sans *trop* tricher. Elle s'arrêta et se plaça en face de lui, en le prenant par les épaules.

— Adam...

— Arrête ! la coupa-t-il aussitôt avec une voix et un regard dont la maturité était déroutante. Je te dis jamais rien, maman ! Je me plains jamais ! Toutes ces fois où tu n'es pas là, où tu rentres tard, je ne dis rien. Parce que je comprends. Je comprends que tu as du travail, et que c'est dur, et que tu fais ça pour moi. Alors j'accepte. Mais là, je ne comprends pas. Là, ce n'est pas juste. Là, je n'accepte pas, et tu pourras me dire ce que tu veux, je n'accepterai pas !

Lola avala sa salive. C'était comme si son fils venait de lui administrer une claque.

— Adam, reprit-elle, tu te trompes. Je comprends très bien que tu aies envie de voir ton père. À vrai dire, à ta place, j'aurais certainement envie de le voir aussi.

— Alors pourquoi tu m'en empêches ?

— Je ne t'empêche pas de voir ton père. Je refuse qu'il vienne chez moi sans prévenir. Ce que tu ne peux pas comprendre, Adam – et c'est normal – c'est que ton père se sert de toi pour me faire du mal. Et moi, je ne veux pas qu'il se serve de toi. S'il a des comptes à régler avec moi, qu'il le fasse directement. Pas en se servant de son fils. Tu comprends ?

— Pas tout. En quoi il se sert de moi ?

Une boule se forma dans la gorge de Lola.

— Il menace de te prendre avec lui. Et moi... Moi je ne veux pas que tu... Je ne veux pas te perdre. Voilà.

— Mais il n'est pas question que tu me perdes, maman ! Je veux juste le voir de temps en temps.

— Ce n'est pas ce qu'il essaie de faire, Adam. Et puis... Allez... Je vais être honnête avec toi. Il m'a fait tellement de mal que oui, tu as raison, c'est sans doute un peu égoïste, mais je n'aime pas l'idée que tu le voies. Je n'aime pas l'idée que tu puisses passer des bons moments avec cet homme qui m'a tant fait souffrir.

— Mais... C'est mon papa !

Lola poussa un soupir.

Au fond, Adam avait raison. Et il n'y avait pas grand-chose à dire pour contrecarrer cette si simple affirmation : Anthony était son père, il avait le droit de le voir.

Mais c'était tellement dur !

— Les choses ne peuvent simplement pas se faire si brutalement, dit-elle finalement. Nous ne pouvons pas passer comme ça d'un extrême à l'autre. Et puis, surtout, il y a des lois, Adam. Ton papa et moi sommes divorcés. Ce n'est pas à lui de décider quand il peut te voir. C'est à un juge...

En disant cela, elle essayait aussi de se convaincre elle-même.

— Nous verrons ce que le juge dira. En attendant, on va essayer de se détendre un peu, OK ?

Le petit garçon hocha la tête sans conviction.

— Ce soir, on se fait des hamburgers maison !

— Maman, répliqua Adam avec un début de sourire. N'essaie pas de m'avoir par le ventre. C'est très petit.

A new day

28.

30 janvier 2010, Washington DC.

Un an a passé.

Le conseiller Harry Kleymore et le général Paul Parton ont réussi leur pari : rassembler, dans la plus grande discrétion, des forces vives autour de leur projet.

Ils sont quarante-deux, à présent, et de sept nationalités différentes, même si une grande majorité vient du continent américain.

Leur règle première : le secret absolu. Rien de ce qui se dit ici ne doit sortir de ces murs. Jamais.

Physiquement, trente personnes sont présentes autour de la table. Les douze autres sont reliées en direct par un système de visio-conférence.

Quarante-deux personnes finalement très différentes – dont seulement deux femmes – issues des milieux de la politique, de l'industrie et de la finance. Leur dénominateur commun : une perte de foi dans la capacité des gouvernements occidentaux à faire face aux évolutions du monde moderne, et une envie de faire changer le monde.

Beaucoup de ces hommes et femmes auraient pu appartenir à des think tanks *connus, à des formations ultra-libérales comme le Brookings Institution, le Council on Foreign Relations, l'IFRI ou le Bilderberg. Certains, d'ailleurs, sont membres de l'un ou plusieurs de ces groupes de pensée. En effet, leurs objectifs se recoupent : contrer les menaces internationales en matière de sécurité et d'économie, permettre la mise en place d'une réelle gouvernance de l'économie mondiale en suppléant le monopole de l'appareil d'État, étant entendu que les architectures gouvernementales ne sont plus adaptées au monde actuel. Mais une chose les sépare : ces* think tanks, *par définition, se contentent de réfléchir, de diffuser des idées, de fournir une expertise.*

Eux, ils veulent agir.

Les quarante-deux personnes réunies ici ne veulent plus simplement penser l'avenir. Ils entendent le changer.

Pour y parvenir, ils n'ont pas seulement un plan, ils ont des moyens. Des moyens qu'ils ont réunis par eux-mêmes, indépendamment des organes gouvernementaux dont ils ne veulent pas être tributaires.

Et aujourd'hui, l'heure est venue de passer à l'acte.

À proprement parler, c'est leur première réunion officielle. Leur réunion fondatrice, leur acte de naissance. Le lancement de leur entrée sur l'échiquier planétaire.

À 18 h 30 GMT, précisément, loin du regard des caméras, Harry Kleymore se lève et regarde ses associés. Ceux qui sont présents dans la salle, et ceux dont le visage apparaît sur de petits écrans vidéos. Une ambiance lourde et grave règne autour de la table. Une pesanteur à la hauteur du secret qui les unit, de la discrétion à laquelle les contraint leur objectif.

Harry Kleymore ouvre un large sourire, et, d'un air solennel, il prononce enfin cette phrase qu'ils attendent tous depuis tant de mois :

— Mesdames, messieurs, je déclare le Bronstein Project Group officiellement créé. Nous commençons dès aujourd'hui la première phase de notre plan.

Devant lui, le discours qu'il doit prononcer a été imprimé sur un papier dont l'en-tête ne comprend aucun nom, aucune adresse, mais seulement un emblème. Celui de leur organisation.

Un homme sur un cheval cabré.

Un cavalier.

29.

Après avoir ramené Draken au *Space Truckin' Garage*, l'agent Loomis passa la soirée chez lui à relire ses notes, à éplucher les dossiers qu'il avait rapportés du Bureau.

Il manquait un engrenage quelque part, un lien logique. Un pont qui pourrait relier l'assassinat d'Emily Scott, l'enlèvement du couple Singer et ce qu'il s'était passé en République libre du Tumba.

Comment rattacher ces trois événements a priori sans rapport ?

Certes, il y avait un lien entre Singer et la RLT : c'était Exodus2016 qui avait – par ses tonitruantes révélations – déclenché le scandale et donc favorisé le coup d'État. Dans ce cas, cela signifiait-il que les gens qui avaient enlevé Singer voulaient en réalité l'empêcher de faire ces révélations ? Mais dans ce cas, pourquoi les ravisseurs avaient-ils demandé de l'argent pour libérer le couple Singer ? S'ils avaient voulu les faire taire, pourquoi les libérer ?

Il y avait quelque chose qui ne collait pas.

Il manquait un pion sur cet échiquier diabolique.

Loomis – pour la millième fois peut-être – essaya malgré tout d'imaginer le scénario le plus logique possible, en l'état de ses connaissances.

D'une façon ou d'une autre, Emily Scott avait été mise au courant de la préparation de l'enlèvement du couple Singer, mais aussi du déroulé exact de leur future libération et du coup d'État en RLT. Cela, on en avait la confirmation dans ses visions sous hypnose. En soi, c'était déjà très étonnant... L'exactitude de ses visions relevait d'une futurologie édifiante.

Ensuite, des tueurs – dont l'homme au chapeau en première ligne – avaient tout fait pour empêcher Emily Scott de révéler ce qu'elle avait découvert. Draken, ayant en partie hérité de son secret, était devenu à son tour la cible de ces tueurs sans nom. On pouvait donc en déduire que ceux-ci étaient, très probablement, responsables de l'enlèvement du couple Singer.

Mais qui étaient-ils ? Étaient-ils le « cavalier » des visions d'Emily et du tueur de l'hôpital ? Et surtout, quel était leur but ? Était-il seulement financier, comme aurait pu le laisser penser la demande de rançon, ou était-il politique, comme pouvait l'indiquer le lien avec le coup d'État de la RLT ? Mais quel bénéfice auraient-ils pu tirer de ce coup d'État, dont la conséquence la plus directe profitait au peuple africain ?

Trouver un meurtrier dont on connaît le mobile peut déjà se révéler une chose ardue... mais quand en plus on ignore ses motifs, les choses se compliquent encore davantage.

Loomis se prit la tête dans les mains, anéanti par la frustration, et jeta ses notes en vrac sur son bureau.

Emily Scott avait, en quelque sorte, prévu l'avenir. L'enlèvement du couple Singer, leur libération, la RLT... Mais ses visions allaient-elles plus loin ? Restait-il, sur les cassettes de ses séances d'hypnose, des informations sur des événements qui ne s'étaient pas encore déroulés ?

Loomis n'avait pas encore eu le loisir de poser la question à Draken. Vu l'heure, il décida d'attendre le lendemain pour aller questionner le psychiatre à ce sujet et partit donc se coucher avec un goût désagréable d'inachevé.

Il passa une nuit agitée, faite de visions étranges qui auraient sans doute trouvé grâce aux seuls yeux du Dr Draken...

À l'aube, l'agent prit sa voiture improbable et partit tout droit pour le garage de son ami, au cœur du Queens. Quand il entra dans l'atelier, il y trouva Dave Bolin, immobile, le visage livide.

— Qu'est-ce qui se passe ?

— J'allais t'appeler, Sam. Ton poulain, le docteur...

— Eh bien ?

— Il s'est fait la malle.

Reality

30.

Draken avait profité de la nuit pour partir.

Le garagiste, trompé par la sympathie et l'apparente résignation du personnage – ou le prenant peut-être pour un adulte –, n'avait pas sérieusement envisagé la possibilité que son hôte s'enfuie comme un voleur. La porte arrière de l'atelier s'ouvrait de l'intérieur ; il n'avait pas pris la peine de la cadenasser.

Grossière erreur.

Le psychiatre, avant la levée du jour, était parti à pied sans faire de bruit pour l'aéroport de La Guardia. Depuis le garage, il n'en avait pas eu pour plus de quarante minutes de marche.

À 8 heures précises, il était monté dans le premier avion pour Bangor, dans le Maine – l'aéroport le plus proche de sa destination finale.

Depuis Bangor, en début d'après-midi, il pourrait prendre un bus pour Bass Harbor. Ainsi, un peu avant 16 heures, Arthur Draken embarquerait sur *Captain Henry Lee*, un ferry blanc aux allures de bateau de pêche qui l'emmènerait sur Swans Island.

Pendant tout le voyage en avion, le psychiatre ne put s'empêcher de penser, encore et encore, aux obsédantes visions d'Emily. À ces étranges souvenirs enfuis qu'elle avait effleurés.

Quelque part, sur cette île, un couvent de carmélites recelait peut-être des réponses à des questions qu'Emily elle-même s'était posées jusqu'à sa mort. Un voile, enfin, se lèverait sur tout un pan de son passé.

Draken se demanda ce que ces découvertes auraient comme conséquences sur lui. Il se demanda ce qu'il aurait dit à un patient qui s'apprêtait à découvrir soudain la vérité sur son enfance. Ce qu'il aurait dit à Emily. Et ce que cela changeait de savoir.

De savoir enfin.

31.

— Les analyses sont positives, princesse : la peinture prélevée dans l'ancien supermarché est bien celle qui était sur les mains d'Emily quand on l'a trouvée dans le parc de Fort Greene.

Le rapport était arrivé juste après le déjeuner. Lola, qui avait encore passé la matinée à essayer, en vain, de joindre Arthur, prit le dossier que lui tendait Detroit et s'assit sur le bord de son bureau.

— Et c'est pas tout, annonça celui-ci, le regard brillant. Il y a... Il y a beaucoup plus drôle.

— Oh oui, fais-moi rire, cow-boy, fais-moi rire ! lança Lola, désabusée.

— Devine ce qu'on a trouvé dans les intestins des trois petits cochons crevés ?

— Euh... Le grand méchant loup ?

Detroit sourit.

— Non. Mais presque : des restes humains.

— Tu plaisantes ?

— Non. C'est la vérité pure, ma belle. Les trois porcs ont bouffé quelqu'un. Un homme, visiblement. Mais on ne risque pas d'en savoir beaucoup plus à son sujet : il ne reste pas grand-chose. L'équipe technique a lancé une analyse ADN, mais je doute qu'on trouve une correspondance.

Lola regarda le rapport d'un air perplexe.

— Un cochon, ça peut bouffer un homme ?

— Un cochon, ça peut bouffer n'importe quoi, quand ça a faim. Un peu comme le capitaine Powell.

— Merde... Mais dans quoi avons-nous mis les pieds, Phillip ? C'était quoi, ce supermarché de l'enfer ? Qu'est-ce qu'Emily faisait là-dedans ? J'ai du mal à comprendre. Tu m'expliques ce qu'Emily foutait à peindre des décors dans cet endroit surréaliste ?

Le détective spécialiste haussa les épaules.

— Le CSU n'a rien trouvé de probant à part ça. Les lieux ont été méticuleusement lavés au nettoyant industriel, du sol au plafond. On ne fait pas ça quand on n'a rien à cacher. Tout a disparu, à part les peintures. Et encore, elles ont subi les assauts de ce grand ménage, elles aussi.

Lola hocha lentement la tête.

— On a les coordonnées du propriétaire ?

— C'est là que ça se complique.

Il s'installa face à son ordinateur et montra à Gallagher les résultats de ses recherches.

— Le propriétaire est un promoteur immobilier basé dans le New Jersey : A&D Real Estate. A priori, rien de suspect à leur sujet. Pas de procès significatif, pas de casseroles...

— Tu connais des promoteurs immobiliers qui n'ont pas de casseroles, toi ?

— Disons que ceux-là ont l'air plutôt normaux. Je les ai contactés, et ils m'ont dit que cet ancien supermarché était destiné à être détruit l'an prochain, dans le cadre d'un projet immobilier regroupant tout le pâté de maisons. En attendant ce grand remaniement, ils me disent avoir loué les lieux, à usage de hangar, à une société dont ils m'ont donné les coordonnées.

— Ça devient intéressant.

— Oui. Sauf que c'est une société bidon, Lola.

Gallagher sourit.

— Encore plus intéressant ! Ça prouve qu'on est sur la bonne piste !

— Gambit Inc., domiciliée à Memphis, à une adresse qui sert de poste restante anonyme pour tout un tas d'escrocs. Autant dire qu'ils n'existent pas.

— Gambit ?

— Oui. C'est un terme d'échecs. C'est comme ça qu'on appelle le sacrifice volontaire d'un pion dans l'ouverture d'une partie.

— Et le pion sacrifié, c'est Emily ?

— Qui sait ? En attendant, c'est une voie sans issue.

— Ne baisse pas les bras si vite, cow-boy. Il faut suivre l'argent. Il faut *toujours* suivre l'argent. Le promoteur immobilier recevait bien un loyer, non ? L'argent venait forcément de quelque part.

Detroit hocha la tête.

— Je vais regarder ça.

The wind blows

32.

Arrivé sur l'île, Draken prit une navette jusqu'au petit hôtel qu'il avait réservé depuis l'aéroport : *The Harbour Watch'Inn*, situé face au port. Le trajet lui permit de découvrir le paysage étonnant de la péninsule.

Dans les couleurs monochromes de l'hiver, Swans Island ressemblait à un décor de film des années 1950.

La brume donnait aux bateaux assemblés le long de la côte rocailleuse un petit air de fantasmagorie. Entre les rangées éparses de maisons blanc et rouge, Draken s'attendait à voir surgir à tout moment des personnages en costume, tout droit sortis d'un roman d'Agatha Christie.

L'air était saturé par l'odeur des aiguilles d'épineux, celle de la mer, celle des poissons et des homards que les pêcheurs ramenaient du large. Le bruit lancinant du vent se mêlait au ressac des vagues déferlantes, au roulement des cailloux sur le sable, à l'appel obsédant des mouettes qui tournaient autour du phare pour parfaire cette impression singulière d'être ici loin de tout, hors du monde.

Une femme d'une trentaine d'années, bien en chair, l'accueillit avec un beau sourire à la réception de l'hôtel.

— Voici les clefs de votre chambre, monsieur Draken, avec une belle vue sur le port. Vous êtes ici en vacances ?

— Plus ou moins...

— C'est rare en cette saison ! Mais vous allez voir, vous serez au calme ici. Loin de l'agitation de la ville !

— Je n'en doute pas. Je peux louer une voiture quelque part ?

La patronne de l'hôtel fit de gros yeux ronds.

— Louer une voiture ? Ah, non... Vous ne trouverez pas ça sur l'île, désolée. Il aurait fallu la louer sur le continent et venir avec.

— Ah... C'est embêtant.

— Vous savez, tout est à deux pas, ici...

— Je voudrais aller au couvent. Je peux m'y rendre à pied ?

— Au couvent ? Bon Dieu, non ! C'est sur la troisième partie de l'île, à l'extrême ouest ! À pied ça risque d'être un peu long. Il faudrait compter une bonne heure de marche au moins, et par ce froid, ce n'est peut-être pas une bonne idée. Je... Je peux peut-être vous prêter ma voiture ?

— Vous feriez ça ?

— Si vous me promettez de conduire sagement...

— Je vous dédommagerai.

— Ne dites pas de bêtises.

De fait, une demi-heure plus tard, Draken traversait Swans Island au volant d'un vieux pick-up

Chevrolet à la carrosserie rouillée. Il suivit Jericho Bay Road, au milieu des rochers et des forêts de pins sur lesquels subsistaient encore d'épaisses couches de neige.

Le soir commençait à tomber quand il arriva enfin devant l'entrée du couvent, en plein milieu des bois et à quelques pas de la mer.

Draken gara le pick-up le long de l'enceinte en pierres, descendit et se dirigea, le cœur battant, vers la grille en fer forgé.

Le couvent était perdu au milieu de nulle part, et de nouveau le psychiatre ne put s'empêcher de penser à un vieux film d'épouvante. L'ambiance était glaciale, sinistre, gothique presque. Il avait l'impression d'être entré dans un autre monde. Un monde irréel, qui ressemblait presque aux visions d'Emily.

Il était sur le point d'actionner la poignée quand son téléphone se mit à vibrer dans sa poche. Il grimaça. Depuis la mort de Ben Mitchell, Lola essayait désespérément de le joindre, et il n'avait pas la force de répondre. Peur de perdre ses moyens en évoquant le décès du neurophysiologiste… Pour l'instant, le déni psychologique lui convenait à merveille. Il sortit malgré tout son cellulaire et découvrit avec surprise le numéro de Sam Loomis qui s'affichait sur le petit écran.

Draken serra la mâchoire. Il regarda bêtement son téléphone, incapable de se décider à répondre.

Les sonneries finirent par s'arrêter.

Il soupira.

Était-il en train de faire une nouvelle connerie ? Comment comptait-il faire ? Se planquer à nouveau ? Fuir, toujours ? Non, il n'en avait plus la force ! Mais il ne pouvait pas non plus obéir aux injonctions de Loomis. Une partie de la vérité était ici, quelque part derrière cette grille, et il avait bien l'intention de la découvrir.

Avant qu'il n'ait le temps de remettre le téléphone dans sa poche, il reçut un SMS de l'agent du FBI.

« Pauvre imbécile ! Vous êtes au courant qu'on peut tracer un téléphone portable ? Qu'est-ce que vous foutez dans le Maine ? »

Il ferma les yeux d'un air résigné. À quoi bon lutter ?

Il composa, piteux, le numéro de l'enquiquineur. Loomis lui sauta aussitôt à la gorge.

— C'est une maladie, chez vous, doc ? Vous cherchez les emmerdes ? Ça a un nom, ça, en psychiatrie ?

— Euh... Oui. Masochisme moral.

— Qu'est-ce que vous foutez à Swans Island, bordel ?

— Je vous ai dit que j'avais un voyage à faire, répondit le psychiatre d'une voix neutre.

— Et moi je vous ai dit que je le ferais avec vous.

— J'ai quelque chose à vérifier ici, Loomis. Tout seul. Laissez-moi vingt-quatre heures. C'est tout ce que je vous demande. Foutez-moi la paix pendant vingt-quatre heures, et je vous promets de tout vous dire.

— Vous êtes le pire casse-pieds de l'histoire de l'humanité, Draken, vous le savez, ça ?

— On me le dit souvent.

Moment de silence.

— Bon, céda finalement l'agent. Vingt-quatre heures. Pas une seconde de plus.

Et il raccrocha.

Draken rangea son téléphone et leva la main vers la grille du couvent.

La serrure était ouverte.

33.

Loomis regarda le téléphone dans ses mains en secouant la tête. Décidément, Draken était totalement ingérable. Un véritable cauchemar, dans le cadre d'une enquête aussi complexe ! Mais, paradoxalement, c'était ce qui le lui rendait aussi sympathique. À force de le surveiller, d'enquêter sur lui, il avait fini par apprécier ce curieux personnage. Après tout, ils n'étaient pas si différents l'un de l'autre. Au sein du FBI, Loomis lui-même faisait figure d'électron libre. Le seul problème, c'était que le psychiatre semblait capable du pire comme du meilleur. Il était têtu, imprévisible et capricieux. Un jour ou l'autre, il ferait la connerie de trop.

Vingt-quatre heures. Était-il bien raisonnable de le laisser tout seul pendant vingt-quatre heures ? Si Loomis avait si facilement réussi à le tracer jusqu'à Swans Island, les tueurs à ses trousses ne risquaient-ils pas de le retrouver, eux aussi ? D'un autre côté, Draken s'était bien débrouillé jusque-là. Pour un psy, il ne manquait pas de ressources et il semblait avoir un instinct de survie particulièrement développé. En outre, sa détermination laissait penser que ce voyage était réellement important. Si sa petite escapade insulaire permettait à cet hurluberlu de trouver quelque chose de concret, ça valait peut-être le coup de prendre le risque.

Loomis était prêt à tenter le coup. Si dans vingt-trois heures et cinquante-neuf minutes il n'avait pas de nouvelles, il enverrait l'artillerie lourde.

Après tout, ce petit délai ne tombait pas si mal. Car l'agent avait quelque chose d'urgent à faire : fouiller la maison de Ben Mitchell, dans l'Illinois, avant que les flics ne viennent y mettre leur nez.

Glissant une cigarette sur son oreille, il quitta rapidement le 23e étage du grand immeuble blanc de Federal Plaza qui dominait fièrement tout ce quartier du sud de Manhattan et fonça vers l'aéroport.

Nothing really matters

34.

En montant la petite allée qui menait au couvent, Draken fut saisi par une certitude, une évidence qui le frappa soudain et dont la force était si vive qu'elle semblait presque d'origine surnaturelle.

Il frissonna.

Emily avait vécu ici.

Elle n'y était pas seulement passée, elle y avait vécu. Ce paysage lui était familier. Elle avait connu ces arbres, ce chemin, cette chapelle, cette vieille bâtisse en pierres brutes. Toutes ces choses étaient des éléments constitutifs de son mystérieux passé.

Dans l'atmosphère qui régnait ici, le psychiatre avait l'impression de reconnaître des images qu'Emily avait décrites sous hypnose. Une ambiance, une tension, un isolement aussi. Et c'était comme si son fantôme errait quelque part au milieu de ces arbres obscurs que le vent nocturne agitait.

Mais pourquoi Emily aurait-elle vécu ici ? À quel titre ? Se pouvait-il qu'elle ait été elle-même une sœur carmélite ? Non. Draken n'arrivait pas à y croire. Et l'alliance de la jeune femme indiquait en outre qu'elle avait été mariée...

La lumière qui s'alluma automatiquement au-dessus de la porte d'entrée de la vieille bâtisse comme il s'en approchait le sortit brusquement de ses pensées.

Fébrile, il se tint un instant sur le seuil, avec l'appréhension d'un premier rendez-vous galant, puis il sonna.

Après un long moment, une femme d'une cinquantaine d'années vint lui ouvrir, vêtue de l'uniforme sombre des sœurs carmélites, et Draken ne put s'empêcher de penser à ces figures étranges qui apparaissaient dans les visions d'Emily.

— Bonsoir, monsieur, dit-elle d'une voix timide. En quoi puis-je vous aider ?

— Bonsoir...

Il sortit maladroitement sa carte professionnelle de son portefeuille et la tendit à la nonne, qui semblait quelque peu inquiétée par cette visite impromptue.

— Je suis le docteur Draken, expliqua-t-il en prenant un air grave, et je cherche des informations sur... sur l'une de mes patientes.

La femme fronça les sourcils.

— Une patiente ? Ici ?

— Non... Non, pas tout à fait. Je... Je peux entrer ?

— Je ne préfère pas, monsieur. Nous respectons notre vœu de silence, dans ces murs.

— Je comprends.

— J'ai peur de ne pas saisir, pour ma part : quel est le lien de votre patiente avec notre institution ?

Draken ne savait pas par où commencer.

— Il y a l'une de vos sœurs qui... Il y a très longtemps, elle a écrit une chanson... Une chanson qui parle d'un homme avec un bébé dans un train...

La nonne parut étonnée.

— Comment savez-vous ça ?

Draken se sentit revigoré par la surprise de son interlocutrice. Il ne s'était donc pas trompé. C'était comme s'il entendait lui-même la comptine résonner entre les murs du vieux couvent.

— Eh bien, justement, c'est... C'est ma patiente qui m'en a parlé. Et je voudrais... J'aimerais en savoir plus. Je peux la voir, cette sœur ?

La nonne écarquilla les yeux.

— Oh ! Malheureusement, sœur Janet nous a quittées il y a plus de vingt ans !

— Il y a plus de vingt ans ?

Draken pencha la tête, d'un air interdit. Dans sa vision, Emily avait décrit la vieille femme qui chantait cette chanson. Cela signifiait probablement qu'elle l'avait entendue elle-même. Qu'elle l'avait vue. Et donc... Cela signifiait probablement qu'Emily avait été ici au moins vingt ans plus tôt ! Quand elle n'était qu'une adolescente. Peut-être même une petite fille.

— Mais vous... Vous êtes ici depuis combien de temps, ma sœur ?

— Depuis trente ans.

— Alors, peut-être avez-vous connu ma patiente, s'aventura-t-il.

— Comment cela ?

— Eh bien, à l'époque, c'était une petite fille. Une petite fille blonde qui s'appelait Emily. Vous… Ça ne vous dit rien ?

Le visage de la nonne se figea.

Draken sut aussitôt qu'il était sur la bonne piste. Son cœur se mit à battre à toute allure. Devant lui se tenait peut-être enfin la première personne qui eût connu Emily avant son amnésie !

— Vous pouvez rester ici un instant, monsieur ? demanda la nonne d'un air gêné. Je reviens.

Elle referma la porte sans attendre sa réponse.

La tête rentrée dans les épaules, engourdi par le froid, Draken serra la mâchoire, se demandant si la bonne sœur allait vraiment revenir. Quoi qu'il advienne, à présent, il ne partirait pas sans avoir obtenu une réponse. Car il en était sûr, désormais : il venait de pénétrer dans le passé secret d'Emily. Ce passé qu'elle-même avait perdu.

Après une attente qui lui parut interminable, la porte s'ouvrit enfin de nouveau, et ce ne fut plus une mais deux nonnes qui lui firent face, et cette vision était presque comique. La première était allée en chercher une seconde, bien plus âgée – encore qu'il fût difficile de lui donner un âge, car elle pouvait avoir soixante ans comme elle pouvait en avoir quatre-vingts. Elle avait à la fois la peau marquée par le temps et un regard d'une éternelle jeunesse. Vif, intelligent, mais dur. Accusateur, presque.

— Je peux revoir votre carte, monsieur ? demanda-t-elle sans la moindre amabilité.

— Bien sûr.

Draken, impatient, s'empressa de la lui montrer.

La bonne sœur sembla l'analyser comme s'il avait pu s'agir d'une contrefaçon. Puis elle la lui rendit d'un air mitigé.

— Bonsoir, *docteur*, dit-elle, comme si l'appellation restait à prouver. Je suis sœur Paige, la mère supérieure du couvent. En dehors du fait qu'il est un peu tard pour venir nous visiter et qu'il eût été préférable de prévenir, est-ce que vous pouvez m'expliquer ce que vous cherchez, exactement ?

— Oui... Je me doute que ma démarche doit vous sembler étrange. Mais voilà : une de mes patientes vient de décéder. Or, voyez-vous, c'était une femme amnésique, qui avait perdu tout lien avec son entourage. Et... À présent qu'elle est décédée, j'aurais aimé pouvoir prévenir sa famille...

Ce n'était pas tout à fait un mensonge, mais plutôt un raccourci avec quelques omissions. Si Dieu existait, il lui pardonnerait sûrement d'avoir menti à l'une de ses filles...

— La seule chose que je sais de son passé, c'est qu'elle s'appelait Emily, et qu'elle a été, à un moment de sa vie – sans doute quand elle était petite – dans votre couvent.

— Quel âge aurait-elle aujourd'hui, votre patiente ?

— Elle avait trente-cinq ans environ.

— Et elle vous a dit s'appeler Emily ?

— Oui... Enfin... Non. Elle ne se souvenait même pas de son propre prénom. Mais elle portait une alliance sur son doigt. Et sur l'alliance, il y avait deux noms gravés : Mike & Emily.

Les deux bonnes sœurs échangèrent un regard stupéfait. Draken sentit son cœur s'emballer.

— Vous l'avez connue, n'est-ce pas ? les pressa-t-il, en essayant de masquer l'émotion qui le gagnait.

La plus âgée des deux poussa un soupir.

— Et vous dites qu'elle est décédée ?

— Oui. Il y a moins de quinze jours.

Cette fois-ci, en prononçant la dernière phrase, Draken n'était pas parvenu à cacher ce qu'il éprouvait. Les deux femmes semblèrent reconnaître l'authenticité de sa peine dans le son de sa voix. Sans doute cela leur inspira-t-il un peu de pitié.

— Était-elle vraiment une simple patiente, pour vous, docteur ?

Draken soupira. La nonne était perspicace. Inutile de lui mentir davantage.

— Je... Non. Vous avez raison. Je me suis beaucoup attachée à elle. Vous vous doutez bien que je ne serais pas ici aujourd'hui si elle n'avait été qu'une simple patiente. Je vous en supplie... Si vous savez quelque chose... J'aimerais tellement savoir, j'aimerais tellement comprendre !

Sœur Paige le dévisagea un instant, puis, avec une moue de résignation, elle ouvrit la porte en grand.

— Entrez.

The line

35.

— Vous savez que je vous aime de tout mon cœur, Dana, je vous aime comme ma propre fille, mais cette fois, vraiment, vous allez trop loin.

Au sommet du CBS building, le producteur de *60 Minutes* ressemblait au rédacteur en chef d'un quotidien des années 1970. Il ne lui manquait plus que le cigare. Et sans l'interdiction de fumer, il en aurait d'ailleurs probablement allumé un.

— On pourrait demander à Nancy ce qu'elle en pense ? suggéra malicieusement la journaliste.

La présidente du network l'ayant soutenue la première fois – et étant plus haut placée dans la hiérarchie de CBS – Dana avait tout intérêt à la faire entrer de nouveau comme un atout de choix dans cette délicate partie de cartes.

Le producteur, qui n'était pas dupe, secoua la tête d'un air blasé.

— Vous êtes une petite maligne, Dana. Et je vous dirais bien que je suis habilité à prendre ce genre de décisions tout seul... Mais je vous connais par cœur : à peine sortie de mon bureau, vous iriez pleurer dans le sien en lui faisant une tirade sur la solidarité féminine, sur l'émancipation des femmes au sein des networks, et patati et patata. Alors gagnons du temps et allons voir Nancy ensemble. Mais je vous préviens : si elle est du même avis que moi, pour vous faire pardonner d'avoir mis mon autorité en question, vous devrez m'apporter un bagel à l'ail de chez *Ess-a-bagel* tous les midis pendant un mois.

La journaliste le gratifia d'un sourire espiègle.

— Marché conclu.

Ils montèrent d'un étage et se firent annoncer dans le bureau de la présidente, le plus grand de tout le gratte-ciel, depuis lequel on avait une vue imprenable sur Central Park.

— Ah ! Voilà notre petite star du moment ! lança la blonde sexagénaire en les voyant entrer. Laissez-moi deviner : elle veut une augmentation ?

— Ce n'était pas le sujet, répliqua Dana Clark, mais maintenant que vous le dites... Je risque d'en avoir besoin pour acheter une grosse quantité de bagels.

— Pardon ?

— Votre petite protégée s'est mis en tête de faire une interview de John Singer sur notre antenne, expliqua le producteur.

— Et alors ?

— Et alors, ce monsieur exige qu'elle soit en direct.

La présidente grimaça.

— Hmmm. Je vois...

— En échange, il nous garantit l'exclusivité de ses révélations, précisa la journaliste.

— L'exclusivité ! ironisa Jeff. Ce type se sert de vous, Dana ! Il vous fait croire que c'est lui qui vous rend service, alors que c'est nous qui lui offrons une visibilité qu'il n'aurait jamais ailleurs.

— Nous avons beaucoup à y gagner, rétorqua la brune. Il a tenu ses promesses, la dernière fois. Il nous a refilé le scoop sur la RLT. On a été la première chaîne à pouvoir en parler.

— C'était la moindre des choses de sa part. On a tout de même largement contribué à sa libération, je vous rappelle !

— Justement ! Ce sera l'occasion qu'il nous raconte sa détention. Il n'a donné aucune interview filmée pour l'instant ! Bon sang, c'est le sujet le plus chaud du moment, boss ! Ça fait une semaine qu'il est en tête des buzz sur tous les moteurs de recherche d'Internet. Tout le monde se bat pour l'avoir. Même le FBI !

Le producteur fit un geste de lassitude pendant que Nancy, leur patronne, les regardait en silence, visiblement amusée par leurs joutes verbales.

— Tout ça, c'est très bien, reprit Jeff, mais le direct, on ne fait pas, Dana, un point c'est tout. Pas dans mon émission. Et surtout pas avec un type comme lui. Imaginez qu'il vous pète dans les doigts en plein *live* ?

Dana Clark ouvrit un large sourire.

— Ne dites pas ça, ça m'excite !

— Ne dites pas n'importe quoi. Ce type, c'est juste un agitateur qui se prend pour un grand journaliste.

— C'est vous qui le dites. Personnellement, je ne le vois pas comme ça. Et de toute façon, je ne vois pas le problème à interviewer un agitateur. Au contraire. C'est ce qui fait tout le sel de notre métier, non ? Ne sommes-nous pas nous-mêmes des agitateurs ?

— Mais pour l'amour de Dieu, Dana ! s'emporta le producteur. Vous êtes amoureuse, ou quoi ? Mon émission n'est pas là pour servir de tribune libre à ce genre de fou furieux mégalomane ! S'il veut une interview, OK, on peut y réfléchir, mais montée ! On ne peut pas le laisser dire n'importe quoi sur notre antenne. Je vous signale que la CIA considère ce type et son équipe comme une bande de terroristes...

— Et alors, Jeff ? On a diffusé des interviews de terroristes, par le passé, il me semble !

— Des types d'une autre trempe que lui, oui ! Et de toute façon, encore une fois, c'était des interviews enregistrées. Je vous rappelle que nous avons une armée de juristes qui est obligée de passer tout ça au peigne fin avant diffusion.

— Il n'acceptera pas si ce n'est pas en direct.

— Alors qu'il aille se faire foutre ! Il se prend pour qui, ce type ?

— Oh ! là ! Du calme ! intervint enfin la directrice de la chaîne. Tous les deux ! On se calme ! Jeff, pas de jurons dans mon bureau.

Elle tapota nerveusement sur le bord de son bureau en les regardant l'un et l'autre, comme si elle avait besoin de se donner un petit temps de réflexion. Les deux autres étaient suspendus à son regard, impatients qu'elle tranche enfin.

— Dana... Vous avez fait un boulot remarquable, sur la RLT, comme sur l'enlèvement de Singer. Et vous savez que je vous ai ardemment soutenue tout au long de cette affaire. Mais là, je suis désolée, gamine, Jeff a raison. On ne peut pas se laisser dicter un changement dans nos méthodes par M. Singer, ou par qui que ce soit d'autre, d'ailleurs. Ça créerait un antécédent. Et les risques me semblent trop grands.

La journaliste poussa un soupir.

— Nancy... Je vous parle de faire de la grande télévision, là ! Ce type, ce qu'il représente, c'est le sujet de société le plus brûlant du moment ! C'est ce qui est en train de changer le monde. Wikileaks, les Anonymous, les Indignés, Occupy Wall Street, tout ça... C'est dans ces milieux-là que tout se passe ! Et si on ne suit pas le mouvement...

— Dana, Dana ! la coupa la présidente. Par pitié, ne me faites pas la scène des oscars ! Jeff et moi faisions de la télévision quand vous n'étiez encore qu'une lueur lubrique dans l'œil de votre père. Vous parlez de l'émission qui a réuni le plus de téléspectateurs dans l'histoire du petit écran, ma petite, alors croyez-moi, on commence à connaître notre boulot. On a révélé des scandales bien plus grands que celui de la RLT, par le passé. Ce n'est pas une histoire d'échelle, c'est une histoire de méthode, d'éthique.

— Vous avez perdu la foi, Nancy ? lâcha Dana Clark avec une pointe d'amertume.

Cette fois, la remarque sembla réellement agacer sa supérieure.

— Je n'ai jamais eu la foi, gamine. Je suis une pro, pas une fanatique. Le journalisme, c'est un métier, pas une religion. Ne laissez pas votre succès vous monter à la tête. Vous avez fait du très bon boulot, et vous en ferez encore, mais si je peux vous donner un conseil, c'est de ne jamais être le jouet des sujets que vous couvrez. L'indépendance, Dana, ça n'a pas de prix. Ce n'est pas à John Singer de vous imposer ses conditions. S'il veut passer dans *60 Minutes* – ce qui est tout à fait envisageable – ce sera selon nos termes. Pas les siens.

— Il n'acceptera pas, répéta Dana, dépitée.

— Alors c'est son problème, pas le nôtre.

— Et s'il trouve une autre chaîne prête à lui donner la parole ?

— Eh bien ce sera leur problème, pas le nôtre.

Les épaules de la journaliste s'affaissèrent dans un signe d'impuissance. La présidente de la chaîne se leva, contourna son bureau et vint lui prendre le bras, d'un geste maternel.

— Dana, vous, vous êtes une jeune, belle, et brillante journaliste. Jeff est un producteur historique de CBS. Un vieux loup de mer. Vous, vous cherchez l'info, lui, il décide s'il la passe ou non. C'est comme ça que ça marche, et c'est pour ça qu'on vous paye l'un et l'autre. Si vous voulez changer les règles, devenez productrice. Vous nous prenez peut-être, Jeff et moi, pour des vieux cons un peu dépassés... Mais peut-être avez-vous encore un ou deux trucs à apprendre de vos aînés. Ne croyez pas que nous ne sommes pas passés par là où vous passez. Ce que vous êtes en train de vivre, pour vous, c'est une première. C'est excitant. Nous, on l'a déjà vécu une bonne centaine de fois. On a du recul. On sait garder la tête froide. Et ce qu'on est en train de vous dire, c'est que, dans votre intérêt, dans l'intérêt de votre carrière, à long terme, ce serait une très mauvaise idée de laisser penser à John Singer que vous lui bouffez dans les mains.

Dana hocha la tête sans trop y croire.

— Et que vous me devez un mois de bagels, ajouta Jeff.

Face the truth

36.

Les deux bonnes sœurs conduisirent Draken à travers ce bâtiment au silence pesant, jusque dans une petite pièce sombre et sans décor où elles l'invitèrent à s'asseoir avec elles autour d'une petite table couverte d'une vieille nappe plastifiée. Un crucifix sur le mur qui lui faisait face semblait s'être penché vers Draken dès son arrivée, et le psychiatre avait l'impression que le Christ en croix au corps blafard le dévisageait d'un regard triste.

La plus jeune des deux nonnes annonça qu'elle allait préparer du thé afin que le docteur puisse se réchauffer. Elle alluma une bouilloire dans un coin de la pièce.

— La femme dont vous parlez, monsieur, ne s'appelait pas Emily.

Les mains de Draken se crispèrent sur ses genoux.

— Elle s'appelait Anna Perry, et elle a effectivement grandi dans ces murs.

Le psychiatre eut l'impression que son cœur allait s'arrêter.

Anna Perry.

Depuis le jour où il l'avait rencontrée, c'était, enfin, le premier petit bout de passé authentique qu'il découvrait sur cette femme dont il était tombé si rapidement amoureux. Il éprouva à la fois une sorte d'euphorie, celle de découvrir enfin un secret si longtemps cherché, et une accablante tristesse, de n'avoir jamais pu appeler cette femme par son véritable nom.

Anna Perry.

Les yeux brillants, il plongea son regard dans celui de la nonne.

— Vous êtes sûre... Absolument sûre que nous parlons de la même personne ?

La nonne hocha la tête d'un air presque amusé.

Draken sortit son téléphone portable et lui montra une photo de la blonde.

— Mon Dieu ! Comme elle a grandi... Oui. C'est bien elle. C'est bien la petite Anna.

Le psychiatre avala sa salive.

— Mais alors... Son alliance ?

— Ce n'était pas la sienne, expliqua la bonne sœur. Mais celle de sa mère. Emily et Mike étaient les parents d'Anna. Un couple de Swans Island. Un jour, sa mère est venue ici pour la voir, quand Anna avait quatre ans, et en partant, elle lui a donné son alliance. La petite l'a gardée sur une chaîne autour du cou tout le temps qu'elle est restée chez nous.

Tout s'expliquait.

Draken pensa aussitôt à cette scène dans les visions d'Emily où la reine lui donnait sa couronne.

— La reine me regarde. Elle me regarde avec ses yeux si doux. Elle me sourit, mais c'est un sourire triste. Elle prend la couronne sur sa tête et me la tend.

— Vous avez envie de la prendre ?

— Je ne sais pas. J'ai peur. Oui, je veux la prendre.

— Alors prenez la couronne, Emily.

— Elle est brûlante ! Je me brûle les doigts !

— Alors lâchez-la !

— Je ne peux pas. Je dois la garder. La reine me l'a donnée. Et elle s'en va maintenant.

La reine, c'était donc sa mère, la véritable Emily. Et elle lui avait donné sa bague. La petite fille avait hérité de cet objet qui n'aurait pas dû lui revenir. Ça lui avait fait peur. Ça l'avait « brûlée ». Mais elle l'avait gardée, précieusement, pendant toutes ces années, car cette « couronne » était son seul héritage.

— Que faisait-elle ici ?

Sœur Paige poussa un soupir.

— Je suppose que ses parents ne pouvaient pas la garder. Ils l'ont abandonnée un matin devant la grille du couvent. Nous n'avons jamais su pourquoi.

— Nous n'avons jamais voulu savoir, rectifia la seconde nonne en servant une tasse de thé au psychiatre, et il y avait dans sa voix une sorte de rancœur à l'égard de son aînée.

— Je ne comprends pas... Sa mère l'a abandonnée, et elle est ensuite venue la voir ?

— Une seule fois, expliqua la mère supérieure.

— Sœur Paige lui a interdit de revenir.

Les deux femmes échangèrent un regard plein d'animosité.

— Pourquoi ?

— Elle avait abandonné cet enfant, se justifia la plus âgée. Elle n'avait pas donné la moindre nouvelle pendant quatre ans. Vous croyez en Dieu, monsieur Draken ?

— Mes parents m'ont élevé dans la religion juive. Mais je n'ai pas la foi, si c'est ce que vous me demandez.

— Si vous aviez la foi, vous comprendriez que c'est Dieu qui a conduit cette enfant dans notre couvent, monsieur. C'est Dieu qui a guidé ses parents ici, et pour une bonne raison. Parce qu'elle a été plus heureuse parmi nous qu'elle l'aurait été dans le foyer où elle a vu le jour. Nous l'avons élevée avec amour, dans la tradition de la charité chrétienne. Alors quand, soudain, un jour, au bout de quatre ans, cette femme est revenue... J'ai trouvé cela déplacé. J'ai pensé que ce n'était pas une bonne idée pour Anna. Que cela ne pourrait lui faire que du mal.

— Elles ne se sont jamais revues ?

— Pas à ma connaissance...

— Quand l'avez-vous vue pour la dernière fois ?

— Quand elle a eu vingt ans, Anna est partie vivre sa vie. Elle a trouvé du travail sur le continent. Elle... Elle n'est jamais revenue ici.

Draken hocha lentement la tête. Seule, déjà. Abandonnée, si tôt. L'amnésie de cette femme n'avait probablement pas été le seul fruit de son traumatisme physique. Il avait eu, certainement, des liens avec son histoire. Une longue série d'abandons. Une absence de racines. Pas de passé.

— *Anna Perry*, murmura le psychiatre comme s'il n'arrivait pas à se faire au véritable nom d'Emily.

Puis il releva la tête vers la mère supérieure.

— Et... La véritable Emily... Sa mère ? Et Mike, son père. Vous pensez qu'ils sont toujours en vie ?

Sœur Paige rechigna à répondre.

— Je dois leur parler, insista Draken. Je dois leur dire ce qui est arrivé à leur fille.

— Emily est toujours en vie, répondit finalement la plus jeune des deux nonnes, malgré le regard réprobateur de son aînée. Un jour, elle a quitté son mari, avec qui elle était partie vivre à Bangor, et elle est revenue s'installer toute seule à Swans Island. Il y a un an ou deux. Elle habite près du port.

— Il faut que je la voie ! s'exclama Draken. Comment puis-je la trouver ? Elle est dans l'annuaire ? Elle s'appelle Emily Perry ?

— Non ! répliqua la mère supérieure. Perry n'était pas le véritable nom de famille d'Anna. C'est... C'était le nom de sœur Janet.

— Celle qui a écrit la chanson ?

— Nous ne connaissions pas le nom de cette enfant, quand nous l'avons trouvée devant le couvent, monsieur. Nous ne savions rien d'elle ! Sœur Janet l'a prise en affection. Anna a fini par l'appeler « tante Janet ». Nous lui avons donné son nom quand sœur Janet nous a quittées.

La vieille femme se signa.

— Comment puis-je retrouver sa mère ? insista Draken.

— Elle s'appelle Emily Morris, répondit la jeune nonne d'une voix basse. Un jour, elle est venue nous voir pour savoir si nous avions gardé contact avec sa fille... Nous lui avons dit la vérité. Anna était déjà partie depuis longtemps sans laisser d'adresse. Depuis, elle vit ici et ne sort jamais de chez elle. Je crois qu'elle rêve secrètement qu'un jour sa fille revienne ici. Mon Dieu, pauvre femme...

— Il faut que je la voie.

— Vous la trouverez sur Harbor Road. La dernière maison avant le phare.

The line

37.

Lola, assise à son bureau, la tête entre les mains, était plongée dans le même dossier depuis le début de l'après-midi – une sombre histoire de racket dans un collège du nord de Brooklyn – quand elle sentit soudain une main se poser sur son épaule. Prise par ses pensées, elle sursauta puis reconnut le parfum de Detroit derrière elle.

Phillip murmura à son oreille.

— Je crois que je vais te donner un orgasme, princesse.

— Il serait temps.

— Viens dans mon bureau.

— Tu ne peux pas faire ça ici ? ironisa-t-elle.

Detroit fit pivoter la chaise roulante de sa collègue et la regarda droit dans les yeux.

— J'ai trouvé une piste, espèce d'idiote ! Viens, il faut que tu voies ça.

La rousse lui adressa un sourire narquois.

— Dommage. Un instant, j'ai vraiment cru que tu étais enfin devenu un homme.

— Me cherche pas, princesse.

Gallagher se leva et le suivit jusque dans son antre.

— J'ai pu récupérer la trace des virements qui correspondent au loyer du supermarché, expliqua-t-il en montrant fièrement l'écran de son ordinateur.

— Je ne doutais pas un seul instant que tu y arriverais, cow-boy. Ça donne quoi ?

— Eh bien, au premier abord, pas grand-chose.

— Ah bon ? Je croyais que tu allais me donner un orgasme ? Tu ne comprends vraiment rien aux femmes.

— *Votre manque de foi me consterne,* dit-il en prenant une voix ténébreuse. Les virements viennent d'un compte offshore, qui est bel et bien enregistré au nom de Gambit Inc. Inutile de te dire qu'on ne remontera jamais jusqu'à la source réelle de ce compte. Réussir à extorquer des infos sur un compte aux îles Caïmans, c'est à peu près aussi probable que de trouver un distributeur de préservatifs sur la place Saint-Pierre.

— Et donc ?

— Et donc j'ai d'abord pensé qu'on était dans la merde...

— Mais ?

— Mais comme je suis un garçon brillant, en plus d'être irrésistible, j'ai lancé une recherche comparative avec ce numéro de compte offshore sur tout un tas de transactions immobilières du pays...

— On peut faire ça ?

— Moi je peux. Mais ne le répète pas au capitaine. C'est long et fastidieux, hautement illégal, mais c'est la magie du XXIe siècle. Je te rappelle que je suis une star au FBI.

— À voir comment tu jubiles, j'en déduis que tu as trouvé quelque chose.

— Très perspicace, détective. Écoutez plutôt : la société Gambit Inc. utilise aussi ce compte pour louer un autre bâtiment sur le territoire américain.

— Où ça ?

Detroit se retourna vers Lola avec un immense sourire d'autosatisfaction.

— À Collinsville, ma chère ! À quelques pas de la forêt où a été trouvé le cadavre d'une femme sans empreintes, et pas très loin non plus du barrage de Saville.

Lola tapota doucement sur la joue de son collègue.

— Pas mal, gamin.

— C'est moi qui conduis, dit-il en se levant.

Lola fronça les sourcils.

— Tu as vu l'heure ? Je peux pas... Je dois aller chercher Adam. Je suis déjà en retard. On ira demain.

— Un dimanche ? Ton fils va être ravi...

— C'est quand même mieux que de ne pas rentrer ce soir. Je... Je lui expliquerai. Il comprendra. On ne va quand même pas attendre jusqu'à lundi ou refiler le bébé à quelqu'un d'autre, hein ?

— Non, répliqua Detroit en souriant. Toi et moi, princesse. J'attends ton coup de fil.

Dear lady

38.

C'était une petite maison en bois, presque une ruine, qui aurait semblé à l'abandon s'il n'y avait eu cette lumière allumée à l'étage, derrière une fenêtre mansardée qui dépassait du vieux toit rouge. Une maison modeste, qui ressemblait tout juste à une cabane de pêcheur. Le jardin enneigé était jonché de débris : une carcasse de vélo rouillée, une balancelle brinquebalante et un poteau qui avait dû jadis supporter un panier de basket. Tout ce décor vétuste s'illuminait par intermittence sous la lumière filante du phare de Swans Island, à quelques pas de là.

C'était une habitation isolée, abandonnée, à l'image, sans doute, de la femme qui habitait à l'intérieur.

Draken, la gorge nouée, monta les marches du perron, se frotta les mains pour se réchauffer – et se donner un peu de courage – puis frappa à la porte vitrée.

Aucune réponse. Il frappa de nouveau, plus fort.

Des pas retentirent enfin. Des pas qui descendaient un escalier grinçant.

Une ombre apparut derrière le rideau. Les mains de Draken se serrèrent au fond de ses poches.

— Qui est là ? demanda une voix inquiète.

— Madame Morris ? Je suis le docteur Arthur Draken... Je... Je suis venu vous parler de votre fille.

Un silence. Un silence absolu. Le psychiatre imaginait parfaitement le visage pétrifié de la femme derrière la porte.

— Je suis venu vous parler d'Anna, insista-t-il.

Il s'était forcé pour ne pas dire *Emily*.

Toujours ce silence, rompu seulement par le bruit lugubre du vent.

Et puis, enfin, la porte s'entrouvrit.

Le visage d'Emily Morris, qui devait approcher de la soixantaine, apparut dans l'entrebâillement.

Arthur eut aussitôt un choc.

Ce n'était pas dans son imagination : la femme devant lui ressemblait terriblement à... à Anna. Les mêmes yeux. Le même front. La même tristesse et la même profondeur dans le regard.

C'était troublant. C'était bouleversant, même.

Emily Morris le dévisageait avec une intensité embarrassante, un mélange de peur et d'espoir que le psychiatre peinait à affronter.

— Vous... Vous connaissez Anna ? balbutia finalement la femme d'une voix pathétique.

Emmitouflée dans une épaisse robe de chambre, elle avait l'air si vulnérable.

Draken hocha timidement la tête. Les mots ne voulaient pas sortir.

— Comment ? Où... Où est-elle ? Vous dites que vous êtes médecin ? Pourquoi...

— Je peux entrer ? la coupa le psychiatre.

La femme hésita, puis elle ouvrit la porte en grand et regarda cet homme au crâne rasé et aux épais sourcils poivre et sel entrer dans son salon comme un sombre messager tombé du ciel au milieu de la nuit.

Draken s'arrêta au centre de la pièce, puis se retourna vers Emily Morris avec un regard affligé.

La femme s'avança lentement vers lui, puis elle se laissa tomber sur un large fauteuil usé.

— Elle... Elle est... Elle est morte, n'est-ce pas ? bégaya-t-elle, et ce n'était pas vraiment une question.

Elle l'avait lu dans les gestes confus du psychiatre, dans le fuyant de ses yeux.

Il s'assit à son tour, face à la mère de cette femme qui lui manquait tant.

— Je suis désolé, lâcha-t-il d'une voix tremblotante.

Des larmes sans sanglots se mirent à couler sur les joues d'Emily Morris.

— Je ne l'ai jamais revue, dit-elle simplement.

C'était un regret, c'était une excuse, c'était la douleur profonde d'une mère spoliée.

Draken ferma les yeux un instant, comme pour reprendre des forces, puis il se leva, traversa timidement l'espace qui les séparait, s'agenouilla près de la femme et posa une main sur son bras.

Après quelques secondes de silence, il sortit son téléphone portable et lui tendit la photo qu'il avait déjà montrée aux bonnes sœurs. On y voyait Anna, souriante, dans un parc de Brooklyn.

La mère prit le téléphone dans ses mains et cette fois elle éclata véritablement en sanglots.

— Mon Dieu je la reconnais ! Je la reconnais si bien !

Draken resserra l'étreinte de sa main sur son bras. Elle le regarda d'un air dévasté.

— Comment ? Comment est-ce arrivé ?

Le psychiatre, cherchant ses mots, lui raconta finalement toute l'histoire, ou du moins tout ce qu'il voulut bien lui en dire.

Taking toll

39.

Quand Hatman entra dans la chambre d'hôtel qu'il occupait depuis quelques jours dans la banlieue de Boston, il remarqua immédiatement l'alerte sur son ordinateur portable, posé sous la fenêtre.

Une petite fenêtre rouge clignotait au milieu de l'écran. Cela ne pouvait vouloir dire qu'une seule chose.

L'homme jeta son chapeau de feutre sur le lit et se précipita devant le PC sans même prendre le temps d'enlever son long manteau. Il entra le mot de passe qui donnait accès au logiciel de messagerie crypté et découvrit le courrier qu'il venait de recevoir.

Le message contenait simplement les références de trois titres de transport. Ils avaient été pris le jour même, au nom d'Arthur Draken.

Un sourire se dessina lentement sur les lèvres de Hatman.

Le bon docteur avait donc refait surface. Une imprudence ? Ou bien se croyait-il hors de danger après l'arrestation de l'homme qui avait tenté de l'éliminer ? Hatman peinait à croire que le FBI l'ait laissé circuler ainsi sans la moindre sécurité... À moins que... À moins que cet imbécile ait décidé une fois de plus de se soustraire à la surveillance des autorités, et n'ait pas trouvé d'autre solution que d'utiliser sa carte bleue pour payer ce voyage.

Ce qui signifiait probablement que c'était un voyage important. Très important.

Un avion pour Bangor, puis un bus pour Bass Harbor, et un ferry pour Swans Island.

Hatman se frotta le front. Swans Island. Ce nom lui disait quelque chose.

D'un air soucieux, il ouvrit le dossier intitulé BPG-LAC sur son ordinateur, lui aussi protégé par mot de passe et encrypté.

Après un lent décodage, les fiches d'une dizaine de personnes apparurent sous ses yeux. Le curriculum vitae précis d'hommes et de femmes, agrémentés de photos et d'une foule de détails sur leur vie privée. Il sut par laquelle commencer et ouvrit la fiche d'Anna Perry.

En un coup d'œil, il trouva la confirmation qu'il attendait.

La jeune femme avait grandi sur Swans Island.

Mais pourquoi Draken avait-il décidé de s'y rendre ? Selon la fiche, Anna Perry n'avait plus la moindre attache là-bas depuis fort longtemps. Et pour cause. Draken cherchait-il des informations sur l'enfance de la blonde défunte ? Que risquait-il de découvrir ?

A priori, Anna n'avait plus de lien familial avant de mourir. Officiellement en tout cas. Mais pouvait-il y avoir une faille quelque part ? Quelque chose qui leur avait échappé ?

Selon la notice biographique, elle avait été élevée par des bonnes sœurs dans un couvent qui se trouvait effectivement à Swans Island. Mais elle n'avait plus eu de rapport avec elles après l'âge de vingt ans. Cela vaudrait toutefois sans doute le coup de vérifier de ce côté-là. Draken pouvait très bien éprouver l'envie d'aller leur poser des questions. Qui savait ce qu'il trouverait ?

Hatman chercha ensuite dans la fiche le nom des parents naturels de la jeune femme.

Père inconnu (visiblement, l'enfant était le fruit d'un adultère). Mère : Emily Morris, résidant à Hampden.

Il lança une requête sur un annuaire en ligne pour trouver l'adresse exacte de la mère d'Anna dans la ville mentionnée.

Aucune Emily Morris à Hampden. Soit elle était sur liste rouge, soit elle avait déménagé, soit elle était décédée.

Les informations des fiches dataient toutes de 2010, au moment où il avait été lui-même chargé de les établir. Les choses avaient peut-être changé depuis. Il décida donc d'élargir ses recherches.

Il ne lui fallut pas longtemps pour voir qu'Emily Morris n'habitait en effet plus à Hampden, mais à Swans Island.

Hatman grimaça. Si Draken la rencontrait – ce qui était fort probable étant donné la superficie de l'île – il y avait un risque. Un vrai risque. Et, de toute façon, le psychiatre courait depuis trop longtemps. L'heure était venue de mettre un terme, une bonne fois pour toutes, à cette fâcheuse bavure qui menaçait de tout faire capoter.

L'homme attrapa son téléphone portable et composa rapidement un numéro qu'il connaissait par cœur.

— Monsieur, je vais devoir quitter Boston. Le Dr Draken a été localisé. Il est sur Swans Island, et il pourrait découvrir des choses… embarrassantes. Je dois y aller au plus vite. Oui… Je ferai de mon mieux pour être de retour demain soir pour la réunion.

Sans prendre même le temps de préparer quoi que ce fût, il reprit son chapeau sur le lit et sortit de la chambre d'hôtel.

Reality

40.

— Vous n'avez jamais essayé de la retrouver ?

Emily Morris sembla offensée par la question.

— Bien sûr que si ! J'ai tout essayé ! Le jour où j'ai trouvé la force d'aller la voir dans le couvent, les bonnes sœurs m'ont interdit de revenir. Elle avait quatre ans. Je... Je ne sais pas si elle a compris que j'étais sa mère, ce jour-là. J'en voulais tellement à mon mari que je lui ai donné mon alliance.

— Je pense qu'elle a compris. Elle a gardé votre bague, vous savez, et elle y tenait beaucoup, visiblement.

Un semblant de sourire s'esquissa sur le visage de la femme.

— Et vous avez obéi à ces horribles bonnes sœurs ?

— Elles n'étaient pas horribles ! Je pense qu'elles s'occupaient très bien d'Anna. Et puis c'était seulement la mère supérieure qui en avait après moi.

Au fond, je pense qu'elle avait peur que je reprenne ma fille. Quoi qu'il en soit, oui, j'ai obéi. J'ai obéi parce que j'avais très peur que le scandale éclate sur l'île. Vous savez, ici, les nouvelles vont très vite. J'avais caché ma grossesse tellement j'avais honte. Personne n'a jamais su que j'étais tombée enceinte. Alors vous imaginez... Mon mari m'aurait tuée. C'est lui qui m'a obligée à abandonner Anna.

— Pourquoi aviez-vous eu honte de votre grossesse ?

Draken devina la réponse avant même de l'entendre.

— Mon mari n'était pas le père d'Anna.

— Et alors ?

— C'était une autre époque, monsieur. Et c'est une toute petite île. Vous ne pouvez sûrement pas comprendre. Très vite, mon mari a eu peur que je la rencontre un jour par hasard et on a fini par quitter l'île. On s'est installés à Bangor. J'ai essayé d'oublier. Mais c'est impossible, pour une mère, d'oublier ça.

— Évidemment. Et oublier n'est jamais une solution.

— Un jour mon mari m'a dit qu'il voulait un enfant. J'ai eu envie de le tuer.

— Je comprends.

— Je l'ai quitté et j'ai vécu à Hampden, où j'ai fait plein de petits boulots. J'ai eu beaucoup de mal à m'en sortir toute seule. J'ai vécu les pires années de ma vie, là-bas. Je vous épargne les détails. Régulièrement, j'essayais de retrouver Anna... Je...

Elle semblait troublée. Draken comprit qu'il y avait un nœud à cet endroit de son histoire.

— J'ai essayé de la retrouver, mais les bonnes sœurs ne m'ont jamais dit son nom de famille, alors je n'ai pas réussi. Et puis un jour, quand j'en ai enfin eu les moyens, j'ai décidé de revenir vivre ici, dans l'espoir un peu fou de retrouver ma fille.

Draken serra de nouveau le bras de cette femme. Il éprouvait pour elle une compassion vive, qui n'était pas seulement motivée par la pitié qu'il pouvait avoir pour une femme au si triste parcours, mais aussi, bien sûr, par le sang qui coulait dans ses veines. Le sang d'Anna.

— J'aimerais tellement comprendre ce qui est arrivé à votre fille, madame. J'aimerais tellement trouver les gens qui... les gens qui nous l'ont volée. Vous n'avez rien ? Pas la moindre piste ?

Il repensa à l'hésitation qu'elle avait eue l'instant d'avant dans son discours.

— Quand vous l'avez cherchée, vous n'avez absolument rien trouvé ?

Le regard fixé droit devant elle, la femme avala sa salive et le psychiatre sut aussitôt qu'elle ne lui avait pas tout dit. Les signes ne trompaient pas. Elle se mordait les lèvres comme pour retenir quelque chose.

— Emily... Si vous avez quelque chose, vous devez me le dire. Les gens qui ont fait ça doivent payer ! Nous avons besoin de savoir ce qui lui est arrivé avant de se faire tirer dessus dans un parc de New York. Vous comprenez ?

La femme se tourna lentement vers lui.

— Vous... Vous étiez amoureux de ma fille ?

Draken sentit sa gorge se nouer.

— Éperdument, murmura-t-il d'un air terriblement triste.

— Vous avez l'air d'un chic type. Un type qui a réussi... Ça veut dire... Ça veut dire qu'Anna était quelqu'un de bien ?

— C'était une femme extraordinaire, madame. Elle avait un cœur énorme... Beaucoup... Beaucoup d'amour à donner. Un jour, je vous promets, je reviendrai pour vous raconter. Je vous raconterai par exemple comment elle était avec Adam, ce petit garçon qu'elle gardait de temps en temps pour rendre service à une amie. Il l'adorait.

— Vraiment ? Vous ne dites pas ça pour me faire plaisir ?

— Non. Vraiment. Je n'ai jamais aimé quiconque autant que j'ai aimé votre fille, madame.

La femme resserra le col de sa robe de chambre et se leva péniblement. Elle fit un geste à Draken pour qu'il attende ici. Le psychiatre, perplexe, la regarda traverser le salon puis se mettre à genou derrière la petite table à manger. Elle se mit étrangement à gratter le sol, et puis, soudain, une latte du plancher se souleva.

Emily Morris adressa un coup d'œil au psychiatre, comme si elle avait peur qu'il voie ce qu'elle faisait.

Draken fit mine de détourner le regard.

Du coin de l'œil, il vit la femme sortir quelque chose de sous le plancher. Puis elle remit la latte de bois en place et revint vers lui avec une enveloppe dans les mains.

Sans rien dire, elle la lui tendit.

Draken, les yeux écarquillés, prit la lettre, l'ouvrit et, incrédule, reconnut aussitôt l'écriture d'Anna.

— Elle... Elle vous a écrit ?

Emily hocha la tête.

— Oui. En 2009. Et regardez : le timbre a été oblitéré à Providence.

— Providence ?

— Oui. Entre ici et New York, en somme. J'ai fait des recherches là-bas, mais, comme je vous le disais, je n'avais pas son nom de famille, alors je n'ai rien trouvé. Je suis allée plusieurs fois errer dans les rues de Providence. Je me disais que j'allais la croiser... Dans tous les bars, les restaurants, je regardais si je ne voyais pas une jeune femme blonde... Mais je ne l'ai jamais trouvée. Je n'avais ni les moyens d'y aller souvent, ni ceux de me payer un détective privé.

Draken trembla.

Lui, il connaissait son nom, à présent : Anna Perry. Retrouver la trace d'une Anna Perry à Providence, une ville de moins de 200 000 habitants, ne semblait pas une tâche insurmontable.

— Je... Je peux garder cette lettre ?

— Je... Je ne préfère pas, dit-elle.

Draken renonça à insister. Il aurait tant aimé pouvoir étudier ce qu'Anna y avait écrit. Mais il ne pouvait pas heurter cette femme. Il lui rendit la lettre à contrecœur.

— Il faut que vous les retrouviez. Que vous retrouviez ces monstres, docteur Draken.

— Je vous promets.

Wonder

41.

Vers 23 heures, la présidente du Network était sur le point de sortir enfin de son bureau au sommet du CBS building quand le téléphone se mit à sonner sur son bureau.

Elle laissa sa tête basculer en arrière en roulant des yeux. Déjà deux heures qu'elle essayait désespérément de décoller, mais, comme toujours, le monde semblait se liguer contre elle pour l'empêcher de rentrer chez elle.

Quand est-ce qu'on va me foutre la paix ?

Elle se pencha sur son bureau pour regarder le numéro qui s'affichait sur le téléphone. Quand elle reconnut celui du président du conseil d'administration, elle grimaça. Impossible de ne pas prendre l'appel, même à une heure aussi tardive. Elle resta debout devant son bureau – dans l'espoir que la conversation serait courte – et décrocha.

— Bonsoir, Tim.

— Bonsoir, Nancy. Je ne vous dérange pas ?

— Je partais...

— Ah. Alors j'ai de la chance.

Pas moi, songea la présidente.

— Qu'est-ce que je peux faire pour vous ?

— Nancy... Mon Dieu. Comment puis-je tourner ça ? Vous savez que le conseil n'intervient jamais dans vos choix éditoriaux.

Ça commençait mal.

— *Presque* jamais, corrigea la sexagénaire, qui sentait déjà venir la suite.

— Presque jamais, oui. Disons que quand nous le faisons, c'est que nous avons une bonne raison.

— Et quelle est-elle aujourd'hui ? demanda Nancy d'une voix désabusée.

— Je ne vais pas y aller par quatre chemins. John Singer. Vous allez faire cette interview en direct.

La présidente, stupéfaite, fit le tour du bureau et se laissa finalement tomber sur son fauteuil, comme si rester debout en de pareilles circonstances lui eût demandé trop de force. Elle s'était attendue à tout sauf à ça. Elle se demanda même si elle avait bien compris.

— Pardon ?

— Nous voudrions que vous laissiez Dana Clark interviewer John Singer en direct sur CBS.

Nancy fit une grimace d'incompréhension, leva une main d'un air désemparé et articula en silence : *c'est quoi ce bordel ?*

— Je... Tim ? C'est une plaisanterie ? On ne fait pas de direct dans *60 Minutes* et...

— Nous nous foutons que ce soit dans *60 Minutes* ou dans une émission de cuisine, Nancy. Tout ce qui nous intéresse, c'est que vous puissiez faire cette interview en direct.

— Mais... Mais... Pourquoi, bon sang ?

— CBS ne peut pas passer à côté de ça.

Nancy, qui sentait monter la colère, se leva et se mit face à la baie vitrée, le combiné coincé entre sa tête et son épaule. Elle regarda la skyline de Manhattan qui scintillait dans la nuit comme si ce spectacle pouvait la calmer un peu.

— Tim, dites-moi que c'est une farce. Dites-moi que vous plaisantez.

— Pas vraiment.

— Je… Je n'arrive pas à comprendre. D'où ça vient ? C'est Dana Clark ? C'est elle qui vous a demandé ça ? Merde, je savais qu'elle était douée, mais je ne savais pas qu'elle avait le bras si long ! Elle couche avec lequel d'entre vous ?

— Attention à ce que vous dites, Nancy. Dana Clark n'a rien à voir avec ça. C'est une décision… collégiale. CBS ne peut pas se priver d'une telle opportunité, un point c'est tout. L'audience de la chaîne a beaucoup chuté ces derniers mois. C'est une occasion en or.

— Foutaises ! Ça n'a rien à voir avec l'audience, Tim ! Ne me prenez pas pour une idiote ! Je fais ce métier depuis assez longtemps pour savoir quand une décision du conseil pue la politique à plein nez. C'est une putain de blague !

L'homme au bout du fil poussa un long soupir.

— Ne m'obligez pas à faire ce que je n'ai pas envie de faire, Nancy.

— Quoi ? C'est une menace ? Vous êtes en train de me dire que c'est ça ou la porte ?

— Bon sang, Nancy ! Je ne vous demande pas grand-chose. Juste de faire une interview ! Vous en faites tous les jours ! C'est quoi, le problème ?

— Non. Vous me demandez de baisser mon froc, Tim.

— Je ne vous savais pas aussi pudique.

— Très élégant !

— Écoutez, ma grande, il est tard, vous avez sûrement envie de rentrer chez vous, tout comme moi. Allez vous coucher, vous verrez ça avec un peu plus de recul demain matin. Je vous ai dit ce que j'avais à vous dire. Le conseil d'administration vous demande de faire cette interview de John Singer en direct. Je n'ai pas la liberté d'en discuter avec vous. Simplement de vous en informer.

La présidente du Network pencha la tête d'un air perplexe.

— Comment ça, vous n'avez pas la liberté d'en discuter ? Vous êtes le président du conseil, oui ou merde ?

Pas de réponse.

Il y avait quelque chose de bizarre dans les dernières phrases de son interlocuteur. La décision ne venait-elle pas de lui ? Une partie du conseil devait le tenir par les couilles et lui avoir imposé ce choix. Mais pourquoi ?

— Tim... Qui est derrière tout ça ?

Nouveau soupir. Mais cette fois, ce n'était plus de l'agacement, c'était de l'abattement.

— J'aimerais bien le savoir moi aussi, Nancy.

La présidente retourna sur son fauteuil.

— Je... Je n'ai pas le choix ? demanda-t-elle d'un ton résigné.

— Vous n'avez... *Nous n'avons* pas le choix. Faites cette satanée interview, et oublions tout ça.

Elle laissa sa tête basculer en arrière et resta un long moment ainsi à fixer le plafond sans rien dire.

— Les temps ont changé, hein, Tim ?

— Ne m'en parlez pas.

Elle sourit.

Elle aurait pu jurer qu'il était en train de penser exactement la même chose qu'elle.

Prends l'oseille et tire-toi.

— Et ces enfoirés vous ont envoyé vous au casse-pipes, hein ?

— Bonne nuit, Nancy.

— Bonne nuit, Tim.

Elle raccrocha.

Jeff pouvait dire adieu à ses montagnes de bagels.

Reality

42.

Le lendemain, Draken avait pris, à l'aube, le premier ferry pour quitter l'île et rejoindre l'aéroport de Bangor. Tout seul sur la dernière rangée du bus à moitié vide, après y avoir longuement réfléchi, il se décida enfin à appeler Lola.

Il devait bien le reconnaître : la détective lui manquait. Et il fallait bien qu'un jour ou l'autre il rompe un silence qui durait depuis trop longtemps.

— Mais bon sang, tu es où ? l'accueillit l'Irlandaise d'une voix à la fois inquiète et furieuse.

Le psychiatre, la tête collée contre la vitre, regarda le paysage enneigé qui défilait au dehors.

— Eh bien, là, je suis dans un bus, entre Swans Island et Bangor.

— Entre... Entre... Mais bon Dieu mais qu'est-ce que tu fous là-bas ?

Draken adressa un vague sourire à son reflet.

— C'est une longue histoire, que je te raconterai bientôt. Et toi ?

Dès le début de la conversation, le psychiatre avait reconnu le bruit d'une voiture dans l'écouteur de son téléphone. Lola était visiblement au volant.

— Je suis avec Detroit. On part à Collinsville.

Draken réfléchit. C'était l'une des villes les plus proches du barrage de Saville. Ça avait forcément un rapport avec la libération de John Singer.

— Qu'est-ce que vous allez faire là-bas ?

— C'est une longue histoire, que je te raconterai bientôt, répondit Gallagher d'une voix ironique.

— Eh bien. Ça va nous en faire, des choses à nous raconter !

Un silence passa.

— Comment tu te sens ? demanda Lola d'une voix plus douce, peut-être simplement parce qu'elle ne voulait pas que Detroit l'entende.

— Euh... Plein d'espoir, répondit Draken d'une voix neutre.

— Vraiment ?

— En fait, vraiment, oui. Je crois qu'on va finir par trouver ces connards, Lola. Emily et Ben seront vengés un jour ou l'autre.

Il devina son sourire.

— Je le crois aussi, dit-elle.

L'aéroport de Bangor se profilait déjà à l'horizon.

— J'ai besoin que tu me rendes un service.

— Je me demandais aussi pourquoi tu m'appelais, rétorqua Lola, feignant d'être vexée.

— J'ai retrouvé la trace d'Emily. Alors... Figure-toi d'ailleurs qu'elle ne s'appelait pas Emily. Elle s'appelait Anna Perry.

— Tu... Tu es sûr ?

— Catégorique. Anna Perry. Emily & Mike, c'était le nom de ses parents. L'alliance appartenait à sa mère.

— Merde !

— Oui. Merde. Mais l'étau se resserre.

— Comment tu as découvert ça ?

— Trop long à t'expliquer. Mais voilà : il se pourrait qu'elle ait vécu à Providence, et je veux essayer de remonter la piste. Est-ce que tu peux me trouver les références de toutes les Anna Perry qui vivaient à Providence en 2009 ?

— Au volant ça va être difficile, mais je vais demander à Velazquez, répondit Lola d'une voix enthousiaste. Et… Tu y vas ?

— Oui.

— Tout seul ?

— Oui.

— L'agent Loomis te laisse voyager comme ça, sans la moindre sécurité ?

Draken fit une grimace.

— Mince, tu me fais penser que je dois l'appeler lui aussi…

— Arthur !

— Disons qu'il n'est pas ravi. Mais il est au courant.

— Tu es conscient qu'il y a toujours des types qui essaient de te trouver ? Des types qui ont tué Ben ? Tu… Tu prends des précautions, au moins ?

— Qu'est-ce que tu veux dire ?

— Dis-moi que tu n'utilises pas ta carte bleue pour payer tes voyages, par exemple ! Dis-moi que tu t'enregistres sous un faux nom à l'hôtel…

Draken se mordit les lèvres comme un enfant pris en faute.

— Ah. J'aurais dû ?

— Arthur !

— Ça va, ça va... Je vais faire attention maintenant. Bon... Tu me tiens au courant pour Providence ?

Elle soupira.

— Oui ! Je vais mettre mon collègue sur le coup. Quand est-ce qu'on se voit ?

— Dès que je rentre.

Un nouveau silence, empli de non-dits que l'un et l'autre devinaient.

— Tu me manques, Arthur. Et j'ai des choses à te raconter... Ma vie... Ma vie n'est pas simple en ce moment.

— J'ai cru comprendre. Tu me manques aussi. Et Adam. Embrasse-le de ma part.

Shadows

43.

L'agent Loomis avait péniblement obtenu une autorisation pour faire ouvrir les scellés de la police sur la maison de Ben Mitchell dans l'Illinois.

Aux aurores, le shérif local – qui n'aimait pas voir les fédéraux mettre leur nez dans une enquête de police en cours – le laissa entrer à contrecœur dans la petite maison, lui adressant un regard réprobateur assumé.

— Si vous bougez ou prenez quelque chose, il faut le consigner scrupuleusement dans le rapport, lâcha-t-il. La fouille n'a pas encore eu lieu.

L'agent du FBI lui retourna un large sourire.

— J'ai une fulgurante envie de pisser. Vous pensez qu'il faut le mettre dans le rapport, ça aussi ?

Le shérif secoua la tête d'un air dépité.

Loomis lui tapota sur l'épaule.

— Attendez-moi dehors, John Wayne. Ou bien allez coller quelques contraventions de stationnement. J'en ai pour un petit moment, vous risquez de vous endormir. Et de toute façon, malheureusement, vous n'avez pas le droit d'être là. Affaire fédérale.

Il lui ferma la porte au nez.

La petite maison était plongée dans l'obscurité. Sans doute l'était-elle toujours – un non-voyant n'avait pas besoin de lumière – mais Loomis ne put s'empêcher de penser qu'elle sentait déjà la mort.

Même s'il n'avait pas connu Ben Mitchell, il éprouva une sorte de tristesse à voir les affaires de cet homme atypique, comme les reliques d'une vie solitaire et triste. Le dossier sur le neurophysiologiste le lui avait rendu plutôt sympathique. Cette espèce d'éternel étudiant révolté, ce professeur baba cool et apprenti sorcier dont les recherches semblaient avoir eu, à l'origine, d'humaines intentions, était sans doute né une ou deux décennies trop tard, comme lui. Il n'avait pas su s'adapter à la modernité fulgurante du monde dans lequel il était devenu adulte, au durcissement de sa législation et de sa morale politiquement correcte...

Loomis soupira en se promenant dans les différentes pièces de la maison, inspectant les objets un à un, non pas uniquement avec un regard d'enquêteur, mais avec l'envie de s'imprégner du personnage qui avait vécu ici.

Il ne trouva rien qui éveillât particulièrement son intérêt. La maison n'était pas la résidence principale de Ben Mitchell, et il y avait moins de chances de trouver ici des choses personnelles que dans l'appartement de l'université. Mais on pouvait aussi apprendre bien des choses sur un homme en observant les lieux de ses retraites.

Quand il découvrit que la porte de la cave était fermée à clef, l'agent du FBI se demanda s'il n'allait pas enfin découvrir quelque chose : pourquoi le neurophysiologiste aurait-il fermé une porte à l'intérieur de sa propre maison ?

Après avoir cherché en vain une clef dans les différents tiroirs et placards auxquels il pouvait penser, il se résolut à forcer la porte. Les flics seraient sans doute furieux, mais ce n'était pas le genre de détail dont Sam Loomis se souciait vraiment.

D'un coup de pied, il fit sauter la serrure. Le battant s'ouvrit dans un craquement sec.

Il alluma la lumière et descendit dans la cave.

La première pièce était une sorte de garde-manger.

La seconde une buanderie.

Mais la troisième... La troisième se révéla riche en surprises.

44.

C'était un ancien bâtiment, de taille modeste, qui semblait autant à l'abandon que le vieux supermarché de Brooklyn. Une sorte de local technique d'une trentaine de mètres carrés tout au plus. Un cube de béton gris, sans fenêtre, tout au bout d'une impasse déserte sur la périphérie de Collinsville, à la lisière d'un petit bois.

Lola gara la voiture devant la vieille grille rouillée qui encerclait le terrain enneigé de ce triste blockhaus.

— C'est quoi encore ce truc ? soupira Detroit en sortant de la Chevrolet.

— Je ne sais pas. On dirait un ancien poste de distribution électrique ou un truc dans le genre.

De fait, un panneau rouge avec une tête de mort et le mot DANGER pendait de travers sur le portail grillagé. Un cadenas verrouillait celui-ci.

— *Danger, c'est mon deuxième prénom*, murmura Phillip en grimpant par-dessus sans hésiter.

Lola le rejoignit et dégaina son arme.

Ils firent d'abord le tour du bâtiment. Rien. Pas un bruit, pas la moindre trace de vie.

Ils retournèrent devant la lourde porte métallique sur la façade du bâtiment et essayèrent de l'ouvrir. Évidemment, elle était fermée à clef.

Le détective Gallagher tapa trois coups forts contre la paroi.

— Police ! Ouvrez !

Detroit la regarda avec une sorte d'incompréhension.

— Euh... Tu crois vraiment qu'il y a du monde dans un transformateur électrique ?

Lola fit un signe de tête en direction du toit.

— T'as déjà vu ça en haut d'un transformateur, toi ?

Une caméra de surveillance, visiblement très récente, était braquée sur eux.

Lola sortit le mandat de sa poche et agita le document signé du juge en direction de l'objectif. Elle tapa de nouveau contre la porte.

— C'est ridicule. Lola, pousse-toi, ordonna Detroit d'un air désespéré.

Il la fit reculer de quelques pas, sortit son arme à son tour, se mit de biais pour éviter les ricochets et vida trois balles sur la serrure jusqu'à ce qu'elle cède.

Lola secoua la tête.

— Toujours dans la finesse.

— On n'a pas fait 200 bornes pour enfiler des perles, princesse.

Tenant fermement son arme entre les mains, il écarta la porte du bout du pied et passa prudemment le premier.

L'unique pièce qu'abritait le bâtiment apparut partiellement à la lumière du jour. Cela ressemblait effectivement à un ancien local technique abandonné. Quatre murs de béton brut, quelques étagères métalliques entièrement vides, des gaines qui couraient ici et là... Beaucoup de poussière au sol, et rien d'autre.

— Combien ils payent pour ce taudis ? demanda Lola d'un air circonspect.

— Six mille dollars par mois.

— C'est un peu cher... Il y a quelque chose qui cloche.

— Tu crois ? ironisa Phillip en avançant vers le fond de la pièce.

Il s'arrêta près de l'une des étagères, plaqua son épaule dessus et la fit légèrement glisser sur le côté.

— Je pense que j'ai trouvé ce qui cloche, dit-il avec un sourire. Regarde, ça m'étonnerait que ce soit une cave à vin.

Une trappe était apparue à ses pieds.

— Tu me couvres ?

Lola acquiesça et se mit en position.

Detroit ouvrit précautionneusement la trappe.

Le canon de son arme pointé dans l'ouverture, il attrapa une lampe torche dans la poche intérieure de sa veste et éclaira le sous-sol.

Un escalier descendait vers ce qui semblait être un long couloir.

The line

45.

L'avion de Draken se posa le long de la baie de Providence peu avant midi.

Au loin, la ville portuaire – où les immeubles modernes faisaient peu à peu oublier qu'elle était l'une des plus anciennes du pays – se découpait sur fond de ciel bleu.

À peine sorti de l'aérogare, le psychiatre reçut un appel dont le préfixe laissait supposer qu'il provenait du 88e district. Il s'empressa de décrocher.

— Docteur Draken ?

— Lui-même.

— C'est Tony Velazquez. Lola m'a demandé de faire des recherches pour vous. Je voulais vous communiquer ce que j'ai trouvé.

Draken monta dans un taxi et demanda au chauffeur de l'emmener vers le centre-ville.

— Je vous écoute, Tony.

— En 2009, il n'y avait que deux Anna Perry résidant à Providence et qui pourraient, niveau âge, correspondre à... à Emily Scott. Mais on peut d'ores et déjà en éliminer une : elle est morte d'une méningite foudroyante il y a plus de deux ans.

— En somme, il n'en reste qu'une ?

— Oui. L'appartement qu'elle occupait est toujours au nom de son compagnon, Edward Reilly. Ce qui est bizarre, c'est que personne n'a signalé sa disparition. Du coup, il y a peu de chances que ce soit elle.

— Envoyez-moi tout de même l'adresse, je vais aller vérifier.

— Entendu. Je vous envoie ça par SMS. Pendant ce temps-là, je vais élargir la recherche aux villes environnantes, on ne sait jamais. Je vous tiens au courant.

Il raccrocha.

Quand Draken reçut l'adresse, une petite rue dans le quartier de Wayland, il la dicta immédiatement au chauffeur.

Scaramouche

46.

Les deux détectives descendirent lentement les marches l'un derrière l'autre. Étonnamment, la température était ici beaucoup plus douce qu'en surface. À en juger par le profond silence et l'obscurité totale qui y régnaient, il n'y avait probablement personne dans le souterrain. Ils gardèrent malgré tout leur arme au poing.

— Ça résonne, s'étonna Detroit.

À la lumière de sa torche, il trouva rapidement, en bas de l'escalier, un disjoncteur qu'il actionna aussitôt.

Des halogènes s'allumèrent en cascade, révélant d'un seul coup un environnement bien plus immense qu'ils n'auraient pu l'imaginer. Saisis par le décor qui venait d'apparaître devant eux, ils échangèrent un regard stupéfait.

Nul n'aurait pu croire que, sous cette vieille bâtisse isolée à la périphérie de Collinsville, se cachait un complexe souterrain si vaste et si moderne. Les lieux évoquaient aussi bien un grand centre de recherche clandestin qu'un hôpital ou une prison. Pas le moindre décor, mais seulement des murs d'un vert pâle, des successions de couloirs et de pièces séparées par de grandes baies vitrées dans lesquelles se reflétait la lumière blafarde des néons. La plupart des meubles, tables, étagères, dessertes, étaient en aluminium brossé.

De là où ils étaient, Lola et Phillip ne pouvaient probablement voir qu'une partie du sous-sol, mais c'était déjà une enfilade impressionnante de salles de tailles diverses. Et ce n'était pas le plus étonnant.

Juste devant eux, les séparant de ce bunker improbable, se dressait une grille aux larges barreaux d'acier.

— On est où, là, bon sang ? Fort Knox ?

— Ça ressemble plus à une prison dorée qu'à un coffre-fort, si tu veux mon avis.

Lola ne put s'empêcher de se demander si Emily, ou plutôt *Anna*, était aussi venue ici. Si ces locaux étaient loués par les mêmes personnes que l'ancien supermarché, c'était tout à fait envisageable.

Detroit s'approcha de la grille.

— Ouais... Ou alors, on se croirait dans les sous-sols du Pentagone, ou d'Area 51[1] !

Il tourna la tête et aperçut sur le mur adjacent un petit boîtier électronique qui commandait probablement l'ouverture de la serrure. Il s'approcha pour regarder de plus près.

— Dis-moi que tu vas réussir à ouvrir ce truc sans qu'on soit obligés d'utiliser un explosif ? lui lança Lola en s'agrippant aux barreaux à son tour, les yeux écarquillés.

1. Base militaire secrète dans le Nevada, objet de nombreuses spéculations de la part des milieux ufologistes et conspirationnistes.

— Pas si tu me déconcentres. On capte ici ?

Il sortit son téléphone portable, prit une photo du digicode et lança une recherche comparative sur Internet. Quand il eut identifié le modèle précis du boîtier, il alla dénicher son schéma électrique sur un site de pirates ukrainiens qui en avaient fait leur spécialité.

— On a l'impression que tu fais ça tous les jours.

— Ma pauvre amie, je fais des choses bien plus compliquées que ça. Tais-toi et admire.

Il enleva la cartouche dans la chambre de son pistolet, en ôta le chargeur, puis se servit du manche de son Glock 19 comme d'une masse pour briser d'un coup sec le couvercle du boîtier.

— Je m'attendais à quelque chose d'un peu plus élégant, soupira Lola. Tu penses pas qu'il y a aussi une alarme ?

— On s'en fout, on a un mandat, princesse.

Detroit arracha le clavier qui pendait au bout d'une nappe électronique et inspecta le circuit imprimé en dessous. Il le compara avec l'image affichée sur son cellulaire.

— Ça devrait le faire.

Il reprit la lampe torche dans sa poche, la dévissa et en détacha le contacteur des piles. Il positionna la petite pièce de métal entre deux soudures, provoquant un court-circuit, et le boîtier envoya aussitôt une impulsion électrique vers la gâche de la grille, qui s'ouvrit automatiquement.

— Alors ? dit-il fièrement.

— Alors je comprends mieux comment tu es rentré chez mon frère, enfoiré.

— Crois-moi, ça a été beaucoup plus compliqué d'en sortir…

Lola fit un geste désabusé de la main et ils se glissèrent à l'intérieur du complexe.

Hébétés, ils avancèrent dans le couloir central, jetant un coup d'œil à toutes les pièces qu'ils dépassaient. Ici, un bureau, là ce qui ressemblait à un laboratoire, plus loin, un dortoir...

— Merde ! On dirait une caserne militaire...

Tout comme dans l'ancien supermarché, les lieux semblaient avoir été vidés très récemment. Il ne restait presque plus rien à l'intérieur, sinon les meubles, un téléphone par-ci par-là, de la vaisselle dans un évier, des stylos, quelques ustensiles médicaux...

Lola s'arrêta devant un panneau lumineux accroché au milieu d'un mur et qui devait servir à examiner des radiographies.

Il restait un cliché d'un fémur coincé sur le bord.

— Ne touche à rien, lança-t-elle à son collègue qui s'était aventuré dans une autre pièce. J'ai l'impression qu'ils n'ont pas fini leur grand nettoyage, ici. C'est une mine d'or pour le CSU. Il doit y avoir des empreintes partout. Mais ça veut aussi dire qu'ils vont revenir.

— Pas s'ils reçoivent toujours les images des caméras de surveillance, ma belle. Viens voir par ici !

Elle le rejoignit et le trouva planté devant un appareil électronique, posé sur une table, et qui ressemblait vaguement à un scanner de la police. Un micro sur pied flexible y était relié.

— C'est quoi ? demanda-t-elle.

— Un Nagra. Un enregistreur numérique.

— Il marche ?

Detroit haussa les épaules et trouva l'interrupteur sur la face arrière. Une série de diodes s'allumèrent et un menu s'afficha sur le petit écran en façade.

Le détective spécialiste effectua plusieurs opérations, jusqu'à ce qu'un enregistrement se mette à jouer sur un haut-parleur intégré à l'appareil.

La voix d'une femme se mit à résonner dans la pièce. Elle disait, posément, une série de phrases apparemment sans queue ni tête, comme une longue litanie, une obscure incantation, et elle répétait certaines de ces phrases deux ou trois fois sur des tons différents.

Je me détourne de quelques yeux.
Les investigateurs papillonnent.
Les investigateurs papillonnent.
L'avocat du diable dit chômer.
Des procureurs se prosternaient.
Il convient d'examiner la globalité des voies.
Il convient d'examiner la globalité des voies.
Il convient d'examiner la globalité des voies.
Je vais faire une soirée pour sauver mon âme.

— Qu'est-ce que c'est que ce charabia ? murmura Lola, sidérée.

Detroit appuya de nouveau sur l'un des boutons du lecteur.

— On dirait des phrases codées comme on en utilisait pendant la Seconde Guerre mondiale... Ou bien des *phrases sémantiquement imprédictibles*, un truc qu'on utilise pour faire des tests en synthèse vocale.

Un autre enregistrement démarra, et c'était cette fois la voix d'un homme, lequel parlait avec la même lenteur, répétant lui aussi certaines phrases sur des tons différents.

La lumière dorée sur toi me dit d'où tu viens.
Ce que vous me dites n'a jamais été dit.

Ce que vous me dites n'a jamais été dit.
Il connaissait son prix sur le marché.
C'est ainsi que mon martyre commença.
C'est ainsi que mon martyre commença.
C'est ainsi que mon martyre commença.

Detroit, perplexe, passa à l'enregistrement suivant, puis en fit défiler un autre encore, et un autre, et ils purent découvrir ainsi que des heures et des heures de textes étaient stockées sur le Nagra, tantôt dit par un homme, tantôt par une femme...

On eût dit les voix de fantômes hantant encore ces lieux déserts.

Sweet child

47.

Melany parut étonnée quand on sonna à la porte de l'appartement. Lola avait prévenu qu'elle rentrerait sans doute assez tard, et puis, surtout, elle avait les clefs... Ça ne pouvait donc pas être elle, et il était très rare que quiconque vienne sonner à la porte un dimanche après-midi.

La baby-sitter fit signe à Adam de rester dans sa chambre – où ils étaient en train de faire ses devoirs – et partit ouvrir. Un homme d'une quarantaine d'années, blond, cheveux courts, l'air sportif, apparut sur le palier.

— Bonjour ? dit Melany en passant la tête dans l'ouverture de la porte.

— Bonjour, dit l'homme d'un air aimable. J'espère que je ne vous dérange pas… Je suis Anthony, le papa d'Adam.

La jeune femme eut un instant de surprise. Lola n'avait jamais vraiment parlé de son ex-mari. À vrai dire, Melany croyait même que l'homme avait totalement disparu de la circulation.

Adam arriva discrètement dans le salon et se glissa derrière elle. Son père l'aperçut et ouvrit un large sourire.

— Salut fiston !

— Bonjour papa.

Le petit garçon se mordit les lèvres, entre sourire et gêne.

— Ça fait plaisir de te voir, bonhomme ! Tu vois, je t'avais promis de revenir !

Melany fronça les sourcils.

— Lola ne m'a pas prévenue, intervint-elle.

Anthony Fischer sourit et se glissa à l'intérieur de l'appartement. La baby-sitter n'eut d'autre choix que de s'écarter pour le laisser passer.

— La pauvre, elle est tellement débordée, dit-il en enlevant son manteau. Travailler un dimanche… C'est vraiment pas de veine ! Elle n'a pas une seconde à elle. Tu n'es pas trop triste, Adam ?

Le petit haussa les épaules.

— Ah, tu es vraiment un cœur tu sais ! Ta maman et moi, on a beaucoup de chance d'avoir un fils aussi sage que toi ! Tiens, dit-il en montrant le sac qu'il avait sur le dos, j'ai amené des choses pour qu'on s'occupe en attendant que maman rentre. Quand tu étais petit, on jouait souvent ensemble, tu te souviens ?

Adam sourit. Oui, il se souvenait. Il se souvenait aussi des heures qu'il passait, jadis, à regarder son père peindre dans son atelier. Un jour, il avait demandé à sa mère où étaient passés tous les tableaux de son père, et pourquoi ils n'en avaient pas un seul à la maison. Lola avait répondu qu'il était parti avec...

— Allez, va dans ta chambre, fiston, je te rejoins tout de suite.

Le garçon, les yeux brillants, hocha la tête et fila dans sa chambre.

— Je... Je suis désolé, dit Anthony en se tournant alors vers la baby-sitter. Je suis désolé de débarquer ainsi sans que Lola ait pu vous prévenir. Mais... Vous êtes au courant, n'est-ce pas ?

Melany écarta les bras, d'un air désemparé.

— Au courant de quoi ?

Les épaules d'Anthony s'affaissèrent.

— Ah, donc non... vous n'êtes pas au courant. Je suppose que Lola n'a pas eu envie de vous en parler...

— Me parler de quoi ?

— Eh bien...

Anthony baissa le ton de sa voix.

— Voilà, c'est un peu délicat... Mon Dieu, j'ai honte... J'ai... J'ai passé deux ans en prison.

La baby-sitter essaya de masquer une surprise qui aurait pu passer pour de l'impolitesse.

— Lola n'a jamais eu le courage de dire la vérité à Adam et, au fond, je la comprends, même si cela rend les choses très compliquées pour moi aujourd'hui. Je ne lui ai jamais rien demandé, d'ailleurs, car elle était seule pour élever notre enfant, et c'était son choix. Je n'aurais certainement pas fait mieux à sa place, et elle élève Adam avec beaucoup de courage, n'est-ce pas ?

— Oui, beaucoup, confirma Melany.

— J'ai été libéré il y a quelques jours seulement, et j'ai... Comment dire ? J'ai tout à reconstruire, vous comprenez ? J'ai raté deux ans de la vie de mon fils. Deux ans... À cet âge-là, il se passe tant de choses, en deux ans ! Je suis presque un étranger pour lui ! Il vous a déjà parlé de moi ?

La jeune femme fit une moue désolée.

— À vrai dire... Non. Jamais. Enfin, pas vraiment.

Anthony accusa le coup.

— Je suis obligé de recommencer tout depuis le début, dit-il d'un air accablé. D'y aller progressivement. Le psychologue qui aide les anciens détenus à se réinsérer m'a recommandé de passer d'abord quelques après-midi avec Adam, par-ci par-là, pour renouer les liens, en tisser de nouveaux. Regagner sa confiance, en quelque sorte...

— Je vois.

— Oh, mon Dieu, je vois bien que je vous embête avec mes histoires, vous devez me trouver pathétique...

— Pas du tout.

— Voyez-vous, je ferais n'importe quoi pour mon fils, mademoiselle. C'est lui qui m'a fait tenir, en prison. L'idée de le revoir en sortant. Ma... Ma rédemption passe par là. Et même aux yeux de Lola. J'ai besoin de prouver quelque chose. Elle... Elle n'a plus du tout confiance en moi. Ce qui est compréhensible. Je veux lui prouver que je peux être un bon père, même après ces deux années d'absence...

Melany hocha lentement la tête, sans savoir que dire.

— Ça ne vous dérange pas de me laisser jouer un peu avec lui ? Une heure ou deux ?

Elle haussa les épaules. Adam avait eu l'air si content à l'idée de passer un peu de temps avec son père ! Mais qu'en dirait Lola ?

— C'est-à-dire... J'espère que Lola ne va pas m'en vouloir...

Anthony baissa la tête.

— Je... Je comprends. Si cela vous met dans une situation trop embarrassante, je peux partir, dit-il en glissant les mains dans les poches de son jean, d'un air triste.

La baby-sitter hésita. Elle jeta un coup d'œil en direction de la chambre d'Adam. Le petit garçon attendait sans doute fébrilement derrière la porte. Elle poussa un soupir.

— Allez-y. Je reste dans le salon.

— Merci. Merci beaucoup.

Anthony partit rejoindre son fils dans sa chambre.

Melany, quelque peu décontenancée, tenta d'appeler Lola pour la prévenir, mais elle tomba sur la boîte vocale. Elle laissa un message et finit par allumer la télévision en espérant que la maman d'Adam ne lui en voudrait pas d'avoir laissé son ex-mari entrer dans l'appartement. Au fond, le pauvre bougre n'avait pas l'air d'être bien méchant. Il avait surtout l'air complètement paumé. Et, de toute évidence, Adam – qui s'était beaucoup plaint de l'absence de Lola en ce dimanche, jour qui, selon lui, était normalement sacré et auquel sa mère ne dérogeait normalement jamais – était heureux de pouvoir retrouver son père.

Après avoir regardé un épisode entier d'une série stupide mais ô combien délicieuse, la baby-sitter décida d'aller jeter un coup d'œil dans la chambre d'Adam. Elle y trouva le petit garçon en train de construire une voiture miniature avec son père, tous deux affairés autour des petites pièces en métal, l'un tenant, l'autre vissant. Le spectacle, pour qui connaissait la solitude de cet enfant, avait quelque chose d'émouvant, et la jeune femme s'empressa de refermer la porte pour laisser père et fils profiter de ce rare moment d'intimité.

Rings of smoke

48.

La troisième pièce était à la fois une sorte de petit bureau de fortune et de laboratoire clandestin. En somme, c'était l'antre du neurophysiologiste.

En découvrant cet espace insolite et surchargé, Sam Loomis ne savait plus où donner de la tête.

Ici, soigneusement classés dans des dossiers, des piles de documents en braille, dont certains semblaient très anciens. Et quelque chose lui disait qu'il ne s'agissait pas de simples factures d'électricité… Là, sur une paillasse carrelée, du matériel de chimie, des tubes à essai, des pipettes, des récipients en verre de toutes tailles, des agitateurs et tout un tas d'appareils électriques divers et variés. Plus haut, sur une étagère, des ingrédients solides et liquides que Loomis était bien incapable de reconnaître et dont les contenants ne portaient, bien sûr, aucune étiquette.

À n'en pas douter, Ben Mitchell avait travaillé ici sur le sérum. Peut-être même l'avait-il inventé dans cette cache souterraine, à l'abri des regards de la faculté ! Une fois décryptés, les centaines de documents ici présents lui en apprendraient sans doute un peu plus. Pourquoi le professeur avait-il vraiment créé le sérum ? Comment ? Quelle était la part de Draken dans cette invention ? Connaissait-il lui-même la formule du sérum, et celle-ci était-elle révélée dans ces documents ?

Excité, Loomis continua son exploration.

Il fouilla les tiroirs du bureau, les petits placards logés sous la paillasse… Puis il essaya d'ouvrir une grande armoire sur sa gauche, mais elle était verrouillée. Sans hésiter, il se servit d'une règle métallique comme d'un petit pied-de-biche et força la porte.

Un sourire se dessina sur son visage.

Les trois étagères du haut étaient occupées par des petites fioles emplies d'un liquide verdâtre que l'agent n'eut aucune peine à reconnaître. Draken l'avait utilisé sous ses yeux sur le tueur, à l'hôpital. Il y avait là une quantité impressionnante de sérum. Potentiellement, des heures et des heures d'hypnose profonde. Un véritable trésor, que Draken aurait probablement aimé récupérer…

Sur l'étagère du milieu, des seringues emballées dans des sachets en plastique, des aiguilles, du coton, de l'alcool... Tout l'équipement nécessaire aux injections.

Et enfin, sur l'étagère du bas, un carton.

Loomis utilisa de nouveau la règle pour découper le ruban adhésif. Puis il écarta impatiemment les rabats. À l'intérieur, il découvrit une cinquantaine de vieilles cassettes vidéos.

Il fronça les sourcils.

À part pour le son, Ben Mitchell, non-voyant, ne pouvait en avoir un usage direct ! Mais alors, pourquoi les entreposer là ? Peut-être les avait-il conservées pour Draken. En somme, c'était comme si le neurophysiologiste avait gardé ici toutes les traces de leurs recherches passées. Des traces qui ne pouvaient pas tomber entre n'importe quelles mains. Leur secret.

D'instinct, l'agent se dit que si ses homologues policiers trouvaient ça, Draken aurait probablement deux ou trois soucis de plus avec les autorités... Il était évident que l'histoire du sérum et de son invention avait été parsemée de francs écarts avec la légalité.

Il souleva les cassettes une à une et reconnut en effet l'écriture du psychiatre sur les étiquettes. Il reconnut aussi le nom de Paul Clay sur certaines des cassettes, tout comme le nom des deux patients de Draken qui s'étaient suicidés en 2010. Si ces vidéos tombaient entre les mains des flics, nul doute que l'enquête qui avait été classée sans suite serait réouverte. Cette fois, Draken ne s'en sortirait pas indemne.

Et puis, soudain, en soulevant une nouvelle cassette, Loomis s'immobilisa, perplexe.

Ce qu'il avait sous les yeux constituait un véritable défi à l'entendement. Une découverte étonnante, qui, toutefois, expliquait peut-être certaines choses...

En effet, sur cette dernière étiquette figurait un nom que l'agent du FBI ne s'était pas attendu à trouver là.

Le nom de Virginia Powell, l'ex-femme du capitaine du 88e district.

49.

Seul le nom de Reilly figurait sur la sonnette.

Draken inspira profondément, rassembla son courage et appuya fébrilement sur le petit bouton.

Son cœur sembla rester à l'arrêt pendant les quelques secondes qui suivirent. Et si l'homme qui vivait ici était *vraiment* l'ex-mari d'Anna ? Quelqu'un qui avait partagé son existence, quelqu'un qui la connaissait mieux que lui, qui connaissait son histoire, son passé ? Que pourraient-ils se dire ? Draken imagina d'emblée la conversation surréaliste : « Bonjour, votre femme est devenue amnésique, elle est tombée amoureuse de moi, et maintenant, elle est morte. »

Quand la porte s'ouvrit, le psychiatre se dit qu'il devait avoir une mine épouvantable. L'homme dans le petit appartement le regarda d'un air étrange.

— Oui ?

— Edward Reilly ?

— Oui, répéta le trentenaire, de plus en plus intrigué.

— Je... Je suis le docteur Draken, expliqua-t-il maladroitement en exhibant sa carte... Vous...

Il se gratta la tête.

— Par où commencer ? Vous êtes bien le compagnon d'une certaine Anna Perry ?

— Oui... C'est elle que vous voulez voir ?

Draken hésita.

— Euh... Oui...

L'homme se retourna d'un air blasé.

— Chérie ! Il y a un docteur qui veut te voir !

Draken se sentit aussitôt totalement ridicule. Il ferma les yeux et se frotta le front, embarrassé. Puis une femme apparut à son tour dans l'entrée. Elle était brune, petite, et ressemblait si peu à Emily que c'en était presque comique.

— Bonjour, dit-elle d'un air inquiet. Qu'est-ce qu'il se passe ?

Le psychiatre ne sut quoi répondre.

— C'est maman, c'est ça ? dit la brune d'une voix angoissée.

— Non, non... Votre maman va très bien. Enfin ; je ne sais pas. Je ne la connais pas. Non... Je cherche une autre Anna Perry... Je suis désolé, je me suis trompé. Au revoir.

Il fit volte-face sous le regard perplexe du jeune couple et repartit dans la rue en grimaçant.

Scaramouche

50.

Detroit arrêta le Nagra et regarda sa collègue avec consternation.

— Putain… Mais où est-ce qu'on est tombés ? Sérieusement ? C'est quoi ce truc ?

Lola se tenait le menton, aussi perplexe que lui.

— Tu crois que c'est des espèces de codes secrets ?

— Je n'en ai pas la moindre idée ! Ça fait presque peur ! J'ai l'impression d'être dans un épisode de *La Quatrième Dimension* !

— Qu'est-ce qu'on fait ?

Detroit haussa les épaules.

— On finit de visiter…

La rousse acquiesça. Ils abandonnèrent, pour l'heure, l'enregistreur numérique et se dirigèrent vers la pièce suivante.

Il régnait ici une atmosphère étrange de fin du monde. C'était comme s'ils visitaient un vaste abri atomique abandonné après une guerre nucléaire. Lola n'arrivait pas à ranger son arme, tant elle s'attendait, derrière chaque cloison, à tomber nez à nez avec un illuminé en blouse blanche, le visage maculé de sang, ou avec une horde de zombies !

Ils traversèrent encore plusieurs salles, presque entièrement vides, certaines isolées, sans baies vitrées, d'autres directement visibles depuis le couloir principal, puis ils arrivèrent enfin dans ce qui devait être la dernière pièce, ou tout au moins la plus éloignée de l'entrée. Un cul-de-sac.

Lola, debout au milieu de cette salle rectangulaire à la blancheur éclatante, fit une moue qui amusa son collègue.

— Oh... Madame 90 % a trouvé quelque chose, dit-il d'un air moqueur.

Gallagher ne répondit pas et sortit de la pièce, préoccupée. Elle fit un aller-retour dans le couloir, puis elle revint, toujours aussi muette.

— Tu m'expliques, princesse ?

Lola traversa la salle en comptant ses pas, puis elle s'accroupit devant le mur du fond. Elle essuya le sol et regarda le bout de son index.

— Qu'est-ce qu'il y a ? s'impatienta Phillip.

— Du plâtre.

Elle effleura de la paume la paroi devant elle, puis elle cogna trois coups dessus.

— Ça sonne creux, dit-elle en se retournant vers son collègue un sourire aux lèvres.

Elle se releva et désigna un extincteur près de la porte.

— Moi, femme, utiliser cerveau. Toi homme, utiliser biceps.

— Hein ?

— Défonce-nous cette cloison vite fait bien fait. Il y a quelque chose derrière. Il manque au moins deux mètres par rapport au couloir.

— C'est peut-être juste un espace pour les évacuations, la plomberie...

— Bien sûr ! De deux mètres de profondeur ! Et qui vient tout juste d'être monté ? Allez, au boulot, feignasse !

Detroit secoua la tête et alla docilement chercher l'extincteur, qu'il utilisa en effet comme une masse pour abattre le mur devant lui.

Lola ne s'y était pas trompé. La cloison était fine, et le plâtre encore frais. Elle céda facilement sous les coups de boutoir et des pans entiers s'effondrèrent dans un nuage de poussière blanche. Quand l'ouverture fut assez grande, ils passèrent tous les deux de l'autre côté.

Ce qu'ils découvrirent alors dans la pénombre leur glaça le sang.

Il y avait là, alignés sur le sol, quatre grands sacs en plastique noir dont la taille et la forme ne laissaient aucun doute sur ce qu'ils renfermaient.

— Putain de merde, murmura Detroit.

Il s'agenouilla près du premier sac et l'ouvrit lentement, la mâchoire serrée.

Le visage d'un homme, défiguré, écrabouillé, apparut sous ses doigts. La peau était brune, boursouflée, le nez était totalement aplati, le front enfoncé et une partie de la mâchoire, brisée, pendait sur le côté. L'état de putréfaction du cadavre et la présence de quelques insectes sarcophagiens laissaient penser qu'il était mort depuis un mois tout au plus.

Phillip détourna la tête d'un air incommodé.

— Putain de merde ! répéta-t-il en se bouchant les narines.

Il releva le col de son T-shirt par-dessus ses narines puis ouvrit le sac jusqu'en bas.

— Regarde ses doigts, dit Lola, debout derrière lui.

Detroit hocha la tête.

Comme ils l'avaient l'un et l'autre deviné, la peau – qui était en train de devenir noire – semblait malgré tout lisse, limée au bout des doigts.

— Comme Emily, murmura Detroit. Et comme la femme dans la forêt de Nepaug...

Lola soupira, puis, ne pouvant laisser son collègue accomplir le sale boulot tout seul, elle entreprit d'ouvrir un deuxième sac. Elle s'accroupit et commença la pénible tâche.

Le cœur retourné, ils ouvrirent un à un les quatre sacs.

Il y avait là les corps atrophiés de trois hommes et d'une femme. Tous les quatre dans le même état de putréfaction, le visage défoncé, les doigts limés. Le même *modus operandi*. La petite pièce, emplie d'une odeur nauséabonde, ressemblait au charnier d'un tueur en série.

51.

Il était près de sept heures du soir quand le téléphone de Melany se mit à vibrer. Affalée sur le canapé, les yeux rivés à la télévision, la baby-sitter souleva le bassin pour attraper son cellulaire dans sa poche, espérant que c'était enfin Lola qui annonçait son retour imminent.

Elle grimaça en découvrant le SMS de son petit ami.

« Mel., je t'attends, oui ou merde ? Franchement, elle abuse, ta patronne... »

Lola n'avait toujours pas donné de nouvelles, et son téléphone était encore sur messagerie.

Melany poussa un soupir. Liam n'avait pas tout à fait tort : la mère d'Adam commençait un peu à tirer sur la corde ! Non seulement vis-à-vis de son fils, mais aussi vis-à-vis de la baby-sitter ! La jeune femme répondait toujours présente, se montrait toujours conciliante, et ne comptait jamais ses heures.

Par solidarité féminine, en quelque sorte. Mais là, un dimanche... Melany avait beau éprouver de la compassion pour Mme Gallagher, elle commençait à trouver le temps sérieusement long...

Elle se leva et retourna dans la chambre d'Adam.

Le petit garçon était à présent allongé sur son lit, et il écoutait son père qui lui lisait un roman. En écoutant quelques phrases, la jeune femme reconnut aisément *Le Crime de l'Orient-Express*, d'Agatha Christie.

— Tu veux venir t'asseoir, Mel' ?

Un sourire attendri se dessina sur les lèvres de la baby-sitter.

— Malheureusement, je connais déjà la fin... Non, je te laisse avec ton papa. Profite !

— Ça va mademoiselle ? demanda Anthony en levant les yeux de son livre.

Elle hocha la tête.

— Vous ne vous ennuyez pas trop ? insista le père d'Adam.

— Non, non, ça va, assura-t-elle. C'est juste que j'espère que Lola ne va pas tarder...

— Ah... Ma pauvre. Vous aviez quelque chose de prévu ? Vous pouvez y aller si vous voulez. Je peux garder Adam en attendant sa maman. On s'amuse bien, et puis, de toute façon, je n'ai rien de prévu ce soir.

Melany fit une moue embarrassée.

— Ça m'embête un peu, avoua-t-elle.

— C'est comme vous voulez ! Mais c'est un peu idiot.

La jeune femme retourna dans le salon.

Elle reprit son téléphone portable et composa le numéro de Lola. Mais elle tomba, de nouveau, sur la messagerie vocale...

Bow your head

52.

Peut-être parce qu'elle s'attendait déjà à voir le Dr Draken revenir, Emily Morris se montra beaucoup moins méfiante ce soir-là qu'elle ne l'avait été la veille et ouvrit directement la porte à l'homme qui vint y frapper sur les coups de huit heures.

Un homme qui portait un chapeau de feutre.

La nuit était tombée, plongeant la petite île de Swans Island dans une obscurité que seule la lumière du phare venait rompre par intermittence. La pauvre femme n'eut pas le temps de comprendre ce qu'il se passait. Elle ne put donc refermer la porte et se protéger. À la vitesse de l'éclair, l'inconnu s'était glissé à l'intérieur, l'avait attrapée à la gorge d'une main gantée et lui avait collé le canon d'un pistolet sur la tempe.

Quand la mère d'Anna, terrifiée, commença à crier, l'homme resserra son emprise sur son cou, presque jusqu'à l'étrangler, puis il pencha la tête et murmura avec un sourire glacial :

— Si tu cries, je te descends.

Il lui tapota doucement sur le front avec le bout de son arme, comme pour argumenter son affirmation.

La femme serra les dents, et ses hurlements de panique se transformèrent en un gémissement aigu de détresse.

— Maintenant, retourne-toi.

Les yeux d'Emily Morris s'ouvrirent plus grands encore.

— Qu'est-ce... Qu'est-ce que...

— Retourne-toi ! coupa l'homme au chapeau d'une voix autoritaire.

La femme, le corps secoué par les sanglots, obtempéra. Elle se retourna lentement, les épaules affaissées par la peur.

L'intrus lui attrapa les poignets et la força à les réunir derrière son dos comme si elle portait des menottes puis, tenant ceux-ci fermement d'une seule main, il la fit avancer vers le salon, le canon de son pistolet toujours collé sur son crâne.

Il la fit s'arrêter à l'entrée de la pièce.

— Tu es toute seule ? dit-il en inspectant l'intérieur de la maison.

— Oui !

— Tu es sûre ? Si tu me mens, tu es morte.

— Je vous jure ! répliqua-t-elle d'une voix qui était à présent teintée de colère.

L'homme au chapeau la poussa jusqu'à un mur du salon, contre laquelle il plaqua la sexagénaire, s'appuyant de tout son poids contre elle pour l'empêcher de bouger. D'une main, il continuait de lui serrer les poignets dans le dos, les tordant vers le haut jusqu'à lui faire mal, et de l'autre il la maintenait en joue.

Le visage collé contre le vieux papier peint jauni, la mère d'Anna pleurait, son corps tout entier secoué de spasmes. Des larmes coulaient sur ses pommettes, de la bave sur son menton.

Mais l'horreur de l'instant, la frayeur qu'elle éprouvait furent bientôt accrues par une sensation dans le bas de son dos.

L'homme collé contre elle avait une érection. Elle pouvait la deviner sur le haut de son bassin. Ce monstre était excité ! Excité par l'emprise qu'il avait sur cette femme sans défense.

Emily Morris imagina le pire. Car à ce moment précis, il y avait pire, pour elle, que la mort.

— Il est venu te voir, n'est-ce pas ?

— Qui ?

Le coup fut immédiat.

Un violent coup de coude qui l'atteignit sur le côté droit de la tête. Elle eut l'impression de recevoir un flash blanc en plein visage. Elle poussa un cri de surprise et de douleur. C'était comme si son cerveau avait bougé de quelques millimètres à l'intérieur de son crâne et avait reçu une décharge électrique en se cognant à la paroi.

L'homme rabaissa son coude et colla de nouveau le canon glacé de son arme sur la peau de la sexagénaire.

— Ne me prends pas pour un idiot, petite pute. Draken est venu te voir.

— Oui, murmura Emily dans un soupir qui se révéla presque libérateur. Oui... Il est venu hier. Qui êtes-vous ? Que voulez-vous, bon sang ? C'est vous qui avez tué Anna ?

— Oui. C'est moi. Mais maintenant, la ferme, c'est moi qui pose les questions.

L'homme souriait. Elle pouvait le deviner dans le ton de sa voix. Cet enfoiré souriait ! Comme s'il trouvait la situation amusante. Comme s'il y avait matière à trouver du plaisir dans la torture morale et physique qu'il infligeait à sa proie.

— Qu'est-ce qu'il voulait, le bon docteur ?

— Il... Il voulait simplement me dire qu'Anna était morte.

— C'est tout ?

La femme ne répondit pas. Résignée presque, elle ferma les yeux, prête à recevoir un nouveau coup de coude sur le crâne, comme un enfant qui anticipe une fessée. Au lieu de ça, elle entendit le soupir de son bourreau.

— *Je pense que tu devrais parler au monsieur, maman*, dit-il en imitant la voix d'une petite fille. *Je pense que tu devrais tout lui dire...*

Il promena délicatement le pistolet sur le visage d'Emily Morris, effleurant ses joues, son nez, ses lèvres comme en une morbide caresse.

— Qu'est-ce qu'il voulait d'autre ?

Les pleurs d'Emily redoublèrent. Mais elle ne parla toujours pas. Tout son corps se crispa quand l'homme au chapeau la força à lever un bras et lui plaqua violemment la main contre le mur, doigts écartés. Quand elle comprit ce qu'il faisait, il était déjà trop tard. La crosse du pistolet s'écrasa avec une sauvagerie indicible sur ses doigts, lui brisant plusieurs phalanges d'un seul coup, déchirant la peau, broyant les nerfs.

Le supplice fut si grand que la pauvre femme crut perdre connaissance. La douleur descendit dans son bras comme une vague de feu, puis revint vers les doigts écrasés contre le mur. L'homme plaqua sa paume contre la bouche de sa victime pour étouffer des cris que, de toute façon, personne n'aurait pu entendre dans cette petite maison isolée. Emily s'étouffa contre le gant de cuir.

Le sang commença à couler le long du mur. Elle fit un geste pour baisser son bras, le soutenir, mais l'homme l'obligea à maintenir sa main meurtrie en l'air, bien immobile contre la paroi.

Son souffle s'était accéléré. Elle pouvait le sentir derrière son oreille. Ce taré était de plus en plus excité !

— Tu vois ? Quand tu ne réponds pas à mes questions, ça finit mal pour toi. Allez. Sois sage et réponds-moi. Qu'est-ce qu'il voulait d'autre, notre ami le Dr Draken ?

— Il... Il voulait me demander... Me demander si j'avais eu des nouvelles d'Anna par le passé. Si... Si je savais quelque chose...

— Et alors, qu'est-ce que tu lui as répondu ?

— La vérité ! Je lui ai dit que je n'ai jamais revu Anna ! Que je n'ai jamais su ce qu'elle était devenue. Je ne l'ai jamais revue, jamais...

— C'est tout ?

Emily, la voix étranglée, répondit dans un souffle.

— Oui...

— Ah. Tu mens.

L'homme attrapa la deuxième main d'Emily et la leva à son tour vers le mur, lentement, mais fermement.

— Non... Non, je vous en supplie !

Emily se contorsionna pour adresser un regard misérable à l'homme qui s'apprêtait à lui broyer sa deuxième main.

Les deux paumes plaquées contre le mur, elle avait l'épouvantable sentiment d'être offerte, soumise, de ne plus être qu'un jouet entre les mains d'un enfant psychopathe.

L'homme au chapeau sourit de nouveau.

— Alors dis-moi la vérité.

Emily hocha la tête rapidement.

— Oui. Oui. Je lui ai... Je lui ai donné une lettre. Voilà. C'est tout ce que j'avais. La seule chose... La seule chose que j'avais d'Anna.

Un silence passa. L'homme sembla s'énerver. Visiblement, c'était pour lui une mauvaise nouvelle. Il s'appuya encore plus fort dans le dos de la femme et l'attrapa par les cheveux pour lui faire basculer la tête en arrière.

— Quelle lettre ?

— Une lettre qu'elle m'a envoyée il y a un peu plus de deux ans ! répondit Emily à toute vitesse. C'est tout ce que j'avais sur Anna, je vous jure, je vous jure, bon sang ! J'ai montré à Draken le tampon sur le timbre. Elle... Elle avait été postée à Providence. Alors... Alors il est parti là-bas ! Voilà ! Il est parti à Providence ! Il n'est plus ici. Et je ne sais rien d'autre. Maintenant je vous en supplie, laissez-moi. Je vous en supplie.

L'homme au chapeau relâcha son emprise sur les cheveux de la femme. Nouveau moment de silence. Quelques secondes qui parurent à Emily une éternité. La peur et l'angoisse ne suffisaient pas à lui faire oublier la douleur qui se propageait dans sa main droite.

— Elle est où cette lettre ?

— Il... Il l'a gardée. Il est parti avec.

Un cliquetis métallique.

La femme ferma les yeux.

La dernière image qu'elle vit fut la photo d'Anna que Draken lui avait montrée sur son téléphone portable. Son sourire. Son regard. Une sorte de sérénité.

La détonation résonna entre les murs de la maison.

L'arrière du crâne d'Emily Morris vola en éclats. L'impact projeta des bouts d'os, de chair et de cervelle sur le vieux papier peint.

Son corps s'effondra lourdement sur le sol.

Cette fois, Hatman ne prit pas même la peine de cacher le cadavre.

Il n'avait pas le temps, et plus urgent à faire.

A new day

53.

Pour la première fois depuis la création officielle du Bronstein Project Group, les quarante-deux membres de l'organisation étaient tous présents dans la même salle, sans exception : un salon privé dans un hôtel de Washington DC que le conseiller Harry Kleymore et le général Paul Parton avaient pris l'habitude de réserver. Le fait que l'hôtel fît partie d'une chaîne dirigée par l'un des membres du bureau facilitait grandement les choses et permettait en tout cas d'assurer une certaine discrétion. Le nom du groupe n'était évidemment inscrit nulle part, et le seul signe de reconnaissance présent sur le petit panneau, à l'entrée du salon, était le logo épuré du groupe : le cavalier.

La réunion se tenait en marge d'une convention interprofessionnelle et internationale sur la prospective économique, un prétexte justifiant aisément la présence simultanée dans la capitale de ces quarante-deux acteurs de la politique, de l'industrie et de la finance venus des quatre coins de la planète.

Cela faisait une heure à présent que les débats avaient commencé. La grande majorité des membres du BPG avaient témoigné leur satisfaction quant à la gestion du dossier africain, étape cruciale de leur stratégie à long terme. L'impact économique avait été immédiat, et l'impact politique (le plus important, en réalité) finirait par porter ses fruits, à n'en pas douter.

Deux représentants de l'industrie des télécommunications purent directement témoigner non seulement de la baisse significative des cours du coltan – ce qui n'était un secret pour personne – mais surtout de la plus grande facilité avec laquelle il était désormais possible de se procurer cette matière première vitale pour la fabrication des téléphones portables auprès du gouvernement tumbalais. Le lieutenant Kaboyi, nouveau chef de la tribu des Mabako et président fraîchement proclamé de la République libre du Tumba, tenait sa parole. Il savait à qui il devait sa place, et il le leur rendait bien.

— Profitez-en, conclut Harry Kleymore avec une sorte d'amusement, car quand nous ferons savoir à la presse et au grand public que le lieutenant Kaboyi a trahi et tué son propre chef et ami, et que les documents révélés par Exodus2016 étaient en partie erronés, il y a de fortes chances que le cours du coltan connaisse une nouvelle hausse...

— C'est l'idée, confirma son interlocuteur. Nous faisons des stocks prévisionnels.

— Bien, intervint le général Parton en se saisissant du micro de table devant lui et en s'en approchant pour que sa voix résonne encore plus fort.

Pour lui, le volet économique de leur plan n'avait qu'une importance secondaire, et il n'aimait pas l'habitude qu'avaient les « civils » de laisser leurs échanges traîner inutilement en longueur.

— Il est temps que nous passions au véritable ordre du jour, dit-il d'une voix autoritaire, à savoir le passage au vote sur la troisième phase du Bronstein Project.

Tous les visages se tournèrent vers lui.

Harry Kleymore, qui présidait avec lui en bout de table, acquiesça d'un air satisfait :

— Vous avez raison, général, allons à l'essentiel ! Heureusement que nous avons un militaire parmi nous, plaisanta le conseiller. Comme convenu dans notre accord initial, les décisions majeures de notre groupe doivent être prises avec une majorité des trois quarts de nos voix, arrondis au chiffre supérieur. Il faut donc que trente-deux d'entre nous votent pour ce type de résolution avant qu'elle ne soit adoptée. Nous vous invitons à bien mesurer l'importance de ce vote, chers amis, en particulier aujourd'hui, et à y réfléchir une dernière fois. Les enjeux de la Phase 3 vous ont été clairement exposés au cours des derniers mois. Nous vous avons aussi transmis avec le plus de transparence possible les risques encourus. Vous le savez, la Phase 3 entraînera irrémédiablement un nombre de décès... non négligeable.

Kleymore se tourna vers le général et l'invita à prendre la parole.

— Nous avons fait plusieurs projections, expliqua le militaire en consultant un dossier qu'il tenait devant lui. Nous avons intégré un maximum de données et tenu compte de tous les aléas possibles, du moins de tous ceux auxquels nous avons pu penser. Malheureusement, ce n'est pas une science exacte, vous vous en doutez bien. Bref... Dans le meilleur scénario envisageable, le bilan s'élèvera à cinq ou six mille morts.

Le conseiller hocha la tête d'un air grave, comme s'il entendait ces chiffres pour la première fois.

— Et dans le pire scénario ? demanda-t-il.

Le général fit une moue désolée.

— Dans le pire scénario possible, entre un million et un million deux cent mille morts.

Une ombre passa sur les visages des membres du groupe assemblés autour de la table. Certains échangèrent quelques paroles à voix basse.

— Attention ! reprit le militaire. C'est une estimation haute. Une éventualité qui a très peu de chances de se présenter. Nous voulons seulement être sûrs d'avoir envisagé le pire. Il faudrait vraiment que tout aille de travers pour atteindre de tels chiffres. Je tiens toutefois à vous rassurer : selon les calculs de nos experts, le scénario le plus probable, celui qui a le plus de chances de correspondre à la réalité, entraînerait cent à cent trente mille morts. Pas plus. Si je puis dire.

Un silence passa.

— Il me semble que ce sont des chiffres bien plus réalistes, commenta Kleymore en jetant un coup d'œil aux papiers disposés devant le général. Ce sont évidemment des chiffres effrayants, terribles, qui nous feront porter le poids d'une bien lourde responsabilité, et c'est pour cela que nous vous invitons à bien réfléchir et à prendre conscience de l'importance de votre vote aujourd'hui. Car après, vous ne pourrez plus revenir en arrière. Toutefois, vous savez aussi quel est le but visé, et à quel point il sera salvateur pour la planète entière. L'assurance d'un avenir meilleur a un prix. Un prix que les gouvernements ne sont pas prêts à payer, et c'est pour cela que nous nous enfonçons chaque année un peu plus dans la crise.

Il y eut quelques murmures d'approbation dans l'assemblée.

— Si nous ne validons pas aujourd'hui la Phase 3, alors tous nos efforts auront été vains. Il serait évidemment catastrophique pour la plupart d'entre nous d'être allés si loin dans la réalisation de notre plan, et de s'arrêter en chemin, alors que notre objectif n'a pas été atteint.

Le conseiller marqua une pause, chuchota quelque chose à l'oreille du général, puis il se tourna de nouveau vers les membres du groupe.

— Bien. Pour vous garantir une totale liberté d'esprit, nous avons décidé que ce vote se ferait cette fois-ci à couvert, et non pas à main levée. Comme vous avez sans doute pu le remarquer, vous disposez chacun d'un boîtier électronique devant vous.

Les yeux se baissèrent vers les petits appareils métalliques noirs disposés sur la table devant chaque convive.

Harry Kleymore reprit d'une voix solennelle :

— Mesdames, messieurs, très chers membres du BPG, chers amis, les choses sont très simples : si vous êtes favorable au lancement opérationnel de la Phase 3, merci d'appuyer sur le bouton vert. Si vous y êtes opposé, il vous revient d'appuyer sur le bouton rouge.

Certaines des quarante-deux personnes présentes – la plupart en vérité – n'hésitèrent pas une seule seconde et appuyèrent fermement sur leur bouton. D'autres prirent davantage de temps. Mais après moins d'une minute, le conseiller Kleymore, les yeux rivés sur l'ordinateur portable posé devant lui, annonça que tous les votes avaient été enregistrés.

Il échangea un regard tendu avec le général Parton à côté de lui, puis il se tourna vers ses associés et leur annonça d'une voix dramatique :

— La Phase 3 est donc adoptée par une majorité de quarante voix pour et deux voix contre. Mesdames, messieurs, *alea jacta est*[1] !

La gravité se lut sur les visages des quarante-deux convives. Certains échanges de regard en disaient long sur l'envie des uns et des autres de deviner qui étaient les deux seules personnes à avoir voté contre la Phase 3.

— Plus rien n'étant à l'ordre du jour, je vous invite à sortir du salon, en vous rappelant à votre devoir de totale discrétion sur ce qui a pu être dit entre ces murs. Vous serez régulièrement informés de l'évolution de la Phase 3 au cours des prochaines semaines, et convoqués à la prochaine réunion par les voies habituelles.

Dans un silence qui en disait long sur l'importance du vote qui venait d'être fait, les hommes et

1. *Le sort en est jeté.*

les femmes se levèrent lentement et sortirent un par un du salon privé.

Quand le général Parton et le conseiller Kleymore furent enfin seuls dans cette grande salle moderne de l'hôtel, ils restèrent quelques minutes dans le silence, non seulement parce qu'ils voulaient être sûrs que personne n'allait revenir ici après y avoir oublié quelque chose, mais aussi parce qu'ils prenaient sans doute la mesure de la tâche qui les attendait. Et de ses conséquences humaines.

Après quelques minutes, Kleymore se tourna finalement vers le militaire.

— Qui sont les deux qui ont voté contre ? Les femmes ?

Le général sembla presque amusé par la supposition de son interlocuteur.

— Étonnamment, non !

— Qui, alors ?

— C'était Marquand et le Français, Berger. Depuis le début, je te dis qu'ils ne sont pas fiables. Le genre à te faire des gros sourires en te serrant la main et à te planter un couteau dans le dos dès que tu te retournes.

— C'est très ennuyeux, soupira Kleymore. On ne peut pas garder parmi nous deux types qui auraient préféré ne pas aller jusqu'au bout. C'est un trop grand risque.

Le général acquiesça.

— Je suis bien d'accord. Dès que Hatman rentrera, je lui dirai de s'en charger.

Face the truth

54.

Les détectives Gallagher et Detroit, encore ébranlés par ce qu'ils avaient découvert, furent soulagés de retrouver enfin l'air libre en remontant à la surface.

Ils traversèrent le petit terrain jusqu'à l'entrée, comme s'ils avaient besoin de mettre un peu de distance entre eux et ce sinistre bâtiment.

Le visage de Lola était d'une blancheur maladive. Malgré les années, malgré les nombreux cadavres qu'elle avait pu découvrir tout au long de sa carrière, cette vision l'avait bouleversée. Non seulement parce que la façon dont les visages de cette femme et de ces trois hommes avaient été enfoncés était particulièrement sauvage, mais aussi parce que l'absence d'empreintes sur leurs doigts la faisait irrémédiablement penser à celle qu'il convenait désormais d'appeler Anna.

— Il faut qu'on prévienne la police locale et qu'on fasse venir une équipe technique, murmura Phillip en s'asseyant sur la barrière grillagée.

Lola acquiesça d'un air grave et chercha son téléphone portable au fond de sa poche.

Elle découvrit aussitôt qu'elle avait reçu huit appels en absence pendant qu'ils étaient restés dans ce morbide complexe souterrain. Elle pesta. Le dernier appel venait de Draken. Elle appuya aussitôt sur la touche de rappel automatique.

— T'es où ? demanda-t-elle sans masquer son inquiétude.

Un silence passa.

— Je... Tu ne vas jamais me croire, dit finalement le psychiatre d'une voix grave.

Il semblait grave. Terriblement grave. Et cela ne lui ressemblait pas.

— Qu'est-ce qu'il se passe, Arthur ?

— Je... Je suis à Providence. J'ai... J'ai retrouvé Anna.

Lola fit une moue interdite.

— Hein ? Tu as retrouvé sa trace, tu veux dire ?

— Non, Lola. Non. Je l'ai retrouvée, elle. Elle est là. Devant moi.

55.

Draken, accroupi devant la tombe, tendit la main vers la petite photo fixée sur la stèle. Il tremblait. Le cimetière autour de lui était plongé dans l'obscurité.

C'était un tombeau modeste, de mauvais goût. Une pierre de piètre qualité, et la gravure, même, avait quelque chose de vulgaire.

— Comment ça, elle est devant toi ? demanda Lola au bout du fil.

Draken secoua la tête. Il comprenait l'hébétude de son amie, et il avait bien du mal à saisir lui-même le sens de ce qu'il venait de découvrir. Ses yeux, humides, brillaient étrangement dans le noir.

— Je... Je ne sais pas comment t'expliquer, Lola. Je suis dans un cimetière de Providence. Et là, je suis devant une tombe. Et sur cette tombe... Putain, Lola, sur cette tombe, il y a marqué : *Anna Perry, 30 janvier 1977 – 15 décembre 2009.*

Nouvel instant de silence.

— Eh bien ? Je ne te suis pas, là... S'il y a marqué ça, c'est que ce n'est pas elle, alors !

Draken avala sa salive.

— Si, Lola. Il y a sa photo sur la tombe. Et je peux te dire une chose : c'est elle. C'est bien elle. Je suis devant la tombe de *notre* Emily. La tombe d'Anna Perry.

— Arthur ! Tu déconnes ou quoi ? Elle ne peut pas être morte il y a deux ans ! Elle était encore en vie il y a deux semaines ! Je ne comprends rien à ce que tu me racontes !

— Je sais... Et pourtant... C'est la vérité. Ton collègue a trouvé la trace de deux Anna Perry. La première, je suis allé la voir. Elle est encore en vie. Ce n'est pas elle. La seconde, ça ne *pouvait* pas être elle, parce qu'elle était morte depuis longtemps. Par acquit de conscience, j'ai quand même eu envie de me renseigner. Et là, j'ai trouvé un article dans la presse locale relatant le décès de la première Anna Perry. Elle serait morte en décembre 2009 d'une méningite foudroyante, Lola. En 2009. Le problème, c'est que c'est elle ! Tout correspond. Le nom, l'âge, les photos dans l'article, et même l'histoire : le journaliste précise que c'était une orpheline qui avait été élevée par les bonnes sœurs de Swans Island ! C'est elle, je te dis ! Là ! Devant moi ! Je suis devant sa putain de tombe !

Il entendit la respiration de Lola de l'autre côté de la ligne.

— Tu... Tu sais ce que ça veut dire, Arthur ?

Il fit un geste désabusé au milieu de la nuit.

— Euh... Non. Pas vraiment !

— Ça veut dire qu'il n'y a personne dans cette tombe, Arthur ! Réfléchis ! Il n'y a pas d'autre solution ! Elle n'avait pas de sœur jumelle, que je sache !

— Non. Mais alors... Je fais quoi, moi ? balbutia Draken qui semblait complètement perturbé.

Lola n'avait jamais entendu une telle détresse dans la voix de son ami.

— Bon. Tu appelles Loomis. Tu lui expliques. Tu lui demandes de venir. Et en attendant, tu vas te boire un ou deux whiskies dans un bar du coin.

Le psychiatre s'efforça de sourire.

— Ouais. Quatre ou cinq, même. Et toi ?

— Moi... Je vais essayer de venir aussi... Mais pas ce soir, Arthur. Je dois rentrer. J'ai laissé Adam tout seul toute la journée.

— OK. Je... Je comprends.

— Appelle Loomis !

— Oui ! promit Draken. Je te tiens au courant. Tu me manques, Lola. Vraiment. Tu me manques beaucoup, dit-il avant de raccrocher.

Ricochet

56.

Lola resta un instant le bras suspendu en l'air… En matière de révélations successives, elle avait l'impression de vivre la journée la plus folle de toute sa carrière. Ce qu'Arthur venait de lui dire n'avait aucune explication logique imaginable. Même s'il s'avérait que cette tombe était effectivement vide, cela n'expliquerait pas pour autant sa simple existence. Ni ce qui était écrit dessus. Comment Anna Perry pouvait-elle avoir été enterrée deux ans avant de mourir ? Si c'était une farce, elle était particulièrement de mauvais goût. Et si ce n'était pas une farce, c'était quoi ?

— Tout va bien ? demanda Detroit en se relevant.

Lola ne répondit pas, encore perdue dans ses pensées.

Et puis, reprenant quelque peu ses esprits, elle fronça les sourcils et regarda de nouveau le téléphone qu'elle tenait toujours fermement dans sa main.

Huit appels en absence. Tous ne pouvaient pas venir de Draken.

Elle fit défiler la liste du bout des doigts. Si les deux derniers appels provenaient effectivement du psychiatre, les six précédents avaient été passés par Melany.

Son cœur se mit à battre à tout rompre. Six appels. Il avait dû se passer quelque chose avec Adam ! Il avait dû se passer quelque chose, et elle n'avait pas été là pour répondre.

Les doigts tremblants, elle appuya sur le bouton de rappel automatique pour tenter de joindre la baby-sitter. Qu'avait-il bien pu se passer ? Adam était malade ? Il s'était blessé ? Les sonneries se succédèrent, et Melany ne répondit pas. Lola serra la mâchoire, de plus en plus inquiète.

Plusieurs messages étaient signalés sur le répondeur. Lola, fébrile, entreprit de les écouter. Elle appuya sur la petite icône correspondante.

« Vous avez quatre nouveaux messages.

Aujourd'hui, à 16h37 : *Lola ? Bonjour, c'est Melany... Je vous appelle pour vous dire que... Je suis un peu gênée... Comment dire ? Le papa d'Adam vient d'arriver chez vous. Je ne savais pas trop quoi faire... Vous ne m'aviez pas mise au courant de toute cette histoire ! Du coup, il est avec Adam dans sa chambre. Essayez de me rappeler pour me dire ce que je dois faire.* »

Lola écarquilla les yeux, paniquée.

— Qu'est-ce qu'il se passe ? demanda Detroit en lui attrapant le bras.

Elle lui fit signe de se taire et appuya sur un bouton pour écouter le message suivant.

« Aujourd'hui, à 17h15 : *Allô, Lola, c'est encore Melany... Bon, je voulais juste vous rassurer... Je vous avoue que j'étais un peu désemparée par la visite surprise de votre ex-mari, mais tout se passe très bien. Il est en train de jouer avec Adam dans sa chambre. Je pense que ça leur fait du bien à tous les deux... Faites-moi signe quand vous avez une idée de l'heure à laquelle vous pourrez rentrer.* »

— C'est pas possible ! C'est pas possible ! s'exclama Lola en appuyant de nouveau nerveusement sur son portable.

« Aujourd'hui, à 18h32 : *Lola... Désolée, c'est encore moi... Je suis embarrassée, mais si vous pouviez juste me dire à quelle heure vous rentrez ! Je... Je suis attendue ce soir, et ça ne m'arrange pas trop de rester au-delà de 19 heures... Bon, en tout cas, tout se passe bien ici, je vous rassure. J'espère que de votre côté ça va.* »

L'angoisse était à présent si forte que Gallagher eut l'impression d'être terrassée par une attaque cardiaque. Elle sentit une compression douloureuse dans la poitrine, comme une main invisible qui lui pressait le cœur, et elle sentit une larme se former au coin de son œil.

Comment avait-elle pu être aussi stupide ? Comment pouvait-elle ainsi faire passer cette satanée enquête avant son fils ? Les kilomètres qui la séparaient maintenant d'Adam étaient un véritable supplice. Une horrible punition.

Car elle connaissait Anthony.

Elle savait de quoi il était capable.

« Aujourd'hui à 19h23 : *Lola, je suis vraiment, vraiment, vraiment désolée, mais je vais devoir y aller. Je n'aurais pas fait ça en temps normal, mais là, Adam n'est pas seul. Anthony s'occupe de lui, ils s'amusent comme des fous, et ils vont vous attendre gentiment ensemble. Alors prenez votre temps. On s'appelle demain. Pas de souci ! Je file.* »

— Non ! hurla Lola en regardant son téléphone comme s'il se fût agi d'une bombe sur le point d'exploser. Non !

— Qu'est-ce qu'il se passe bon sang ? lança Detroit en lui prenant affectueusement la nuque.

— C'est cette conne de baby-sitter ! Elle a laissé Adam tout seul avec son père ! Ce... Ce n'est pas possible.

Lola se mit à sangloter. Detroit la serra contre lui et essaya de la rassurer.

— Hé ! Du calme, princesse ! Ce n'est pas bien grave ! Que veux-tu qu'il se passe ? On va se dépêcher de rentrer, et ça va aller. Allez, viens !

— Mais tu ne comprends pas ? s'emporta Lola. Ce type est un malade !

Elle repoussa Phillip, repoussa ses cheveux roux collés sur ses joues pleines de larmes, et composa le numéro de son propre téléphone fixe, celui de son appartement.

Elle éprouva des palpitations grandissantes à mesure que les sonneries s'enchaînaient dans l'écouteur. Mais rien. Pas de réponse.

Lola laissa tomber le téléphone sur le sol.

Elle sut aussitôt que l'enfer venait de s'ouvrir sous ses pieds.

FIN DE LA SAISON 1

Now you’re gone

Pour suivre l'univers de *Sérum*,
rendez-vous sur www.serum-online.com
et www.serum-infos.com

Remerciements

Ainsi se termine la première saison de *Sérum*.

Oui. Vous aimeriez savoir la suite… Mais n'est-ce pas là le plus grand plaisir d'une série ? L'attente ?

Le terme anglais de *cliffhanger* n'évoque-t-il pas ces personnages que l'on laisse suspendus au bord d'une falaise à la fin d'un épisode, comme une allégorie du suspense ? Inspirés tant par les séries télévisées actuelles que par la littérature populaire feuilletonnante du XIXe siècle, nous vous donnons rendez-vous dans quelques mois pour la deuxième saison de *Sérum*, où nous vous promettons que toutes vos questions trouveront des réponses. Toutes.

Et n'oubliez pas : « N'ayez crainte. Nous sommes là, à vos côtés. Il ne peut rien vous arriver… »

C'est avant tout vous, lecteurs, que nous voulons remercier, car il s'est créé autour de cette série une véritable communauté – notamment par le biais de la page Facebook – et c'est pour nous la plus grande des récompenses. Votre impatience est le plus beau des compliments, et si cette première saison de *Sérum* nous a demandé un travail de Titans, elle nous a aussi apporté beaucoup de joie et d'amusement.

Nous voulons également remercier la blogosphère, qui a réservé à *Sérum* un accueil sans précédent !

Nous adressons un clin d'œil reconnaissant à Claude Remy, dans le Grand Hôtel duquel ce sixième épisode a été achevé, sur un beau balcon de bois qui surplombe Gérardmer, ainsi qu'à Elisabeth et Yves Ragazzoli, qui sont si bien entourés !

Enfin, nous tenons à remercier de nouveau toutes les personnes qui, à un moment ou un autre, nous ont aidés à mener ce projet jusqu'à son terme. Pour les questions scientifiques, Patrick Jean-Baptiste, le professeur Bettina Debû, le docteur Jean Becchio et le docteur Philippe Pichon. Pour les questions musicales, Christophe Alary, Louis Arlette, Hugues Barbet, Cyril « reptile » Noton et Erik Wietzel.

Pour les questions éditoriales, Caroline Lamoulie, Marc Emery, Anna Pavlowitch, Pierre-Jean Doriel et Gilles Haéri, qui ont cru à ce projet et s'y sont beaucoup investis. Merci aussi à Silvana Bergonzi et ses assistantes qui se battent pour faire connaître le docteur Draken.

Un grand merci, enfin, à Diane Luttway et Tiphaine Scheuer, qui supportent deux incurables workaholics, ainsi qu'à une ribambelle d'adorables petits monstres, Élio, Elliott, Mattéo, Noé et Zoé.

9940

Composition
NORD COMPO

Achevé d'imprimer en Espagne
par BLACK PRINT CPI
le 5 novembre 2012.

Dépôt légal : novembre 2012.
EAN 9782290041697
OTP L21EPNN000244N001

ÉDITIONS J'AI LU
87, quai Panhard-et-Levassor, 75013 Paris
Diffusion France et étranger : Flammarion